Petits Classiques
LAROUSSE

Collection fondée par Félix Guirand,
Agrégé des Lettres

Les Caractères

ou les Mœurs de ce siècle

Jean de La Bruyère

Chapitres V à XI

Édition établie e
par Yves Stalloni,
docteur ès lettres

Présentation et dossier
par Quentin Lanoue,
docteur ès lettres

Direction de la publication : Carine Girac-Marinier
Direction éditoriale : Julie Pelpel-Moulian
Édition : Laurent Girerd
Lecture-correction : Élisabeth Le Saux
Direction artistique : Uli Meindl
Couverture et maquette intérieure : Serge Cortesi, Sophie Rivoire, Uli Meindl
Mise en pages : Marie-Noëlle Tilliette
Responsable de fabrication : Marc Chabrier

ISBN : 978-2-03-600468-9

SOMMAIRE

Avant d'aborder l'œuvre

Les Caractères

Jean de La Bruyère

Dossier spécial bac

AVANT D'ABORDER L'ŒUVRE

AVANT D'ABORDER L'ŒUVRE

L'essentiel sur l'auteur

Nom : La Bruyère.

Prénom : Jean.

Naissance : 17 août 1645, à Paris.

Décès : le 11 mai 1696, à Versailles.

Famille : bonne bourgeoisie aisée de Paris. Son père est contrôleur général des rentes de l'Hôtel de Ville ; sa mère est fille d'un procureur au Châtelet.

Formation : licence de droit.

Profession : trésorier général de France à Caen (de 1673 à 1686), charge qu'il n'exerce pas concrètement. Précepteur du duc de Bourbon, petit-fils du Grand Condé (de 1684 à 1686). « Gentilhomme ordinaire » du duc (à partir de 1686). Écrivain moraliste.

Jean de La Bruyère

Signe particulier : la vie de La Bruyère fut si discrète qu'on sait peu de chose sur lui. Il est l'auteur d'un seul livre, *Les Caractères*, constamment enrichi. Observateur attentif et acerbe de ses contemporains, il s'inscrit dans la lignée des moralistes, à la façon, par exemple, d'un La Rochefoucauld.

Premier succès : première édition des *Caractères*, 1688, sans nom d'auteur. La même année suivront deux autres éditions.

Œuvres : *Discours sur Théophraste* (monographie) et traduction des *Caractères de Théophraste* : cet ensemble précède la première édition des *Caractères*. *Dialogues sur le quiétisme* (1698, posthume)

Pour ou contre Jean de La Bruyère ?

Pour

« Il fut avant tout honnête homme : c'est l'opinion de Boileau, de Saint-Simon et de tous les contemporains. La vertu était pour lui un devoir de charge : un moraliste immoral est le pire des charlatans. Il vécut dans une sorte de retraite, et s'il fut homme du monde, il regarda la scène sans devenir acteur. »

Hippolyte Taine, *Essais de critique et d'histoire*, 1858.

« Enfin il est un titre qu'on ne saurait sans injustice, selon nous, disputer à La Bruyère : il est le plus achevé et comme le type même des moralistes classiques. »

Louis Van Delft, *La Bruyère moraliste*, Droz, 1971.

Contre

« Il n'y a pas longtemps qu'il m'a fait l'honneur de venir me voir, mais je ne l'ai pas vu assez de temps pour le bien connaître. Il m'a paru que ce n'était pas un grand parleur. »

Gilles Ménage, *Menagiana*, 1694 (deuxième édition).

« La Bruyère n'a aucune originalité ni aucune profondeur comme philosophe. Il a très peu d'idées générales, et celles qu'il a sont de tout son temps. Il est spiritualiste à la façon de Descartes, et chrétien selon Bossuet. Sa vue d'ensemble sur le monde se résume en un pessimisme un peu amer et assez superficiel. »

Émile Faguet, *Les Grands Maîtres du XVII*e *siècle – Études littéraires et dramatiques*, 1885.

Repères chronologiques

Vie et œuvre de La Bruyère

1645
Naissance à Paris, le 17 août.

1650-1663
Enfance à la campagne (?).
Études chez les Oratoriens, en province.

1665
Obtention de sa licence de droit.
Reçu avocat au parlement de Paris.

1673
Achat d'une charge de trésorier des finances.

Événements politiques et culturels

1645
Régence d'Anne d'Autriche (depuis 1643).
Ministériat de Mazarin.

1648
Traité de Westphalie : fin de la guerre de Trente Ans.

1660
Mariage de Louis XIV avec Marie-Thérèse d'Autriche.

1661
Mort de Mazarin.
Louis XIV gouverne seul.

1684

Précepteur du duc de Bourbon, petit-fils du Grand Condé.

Installation à Chantilly, propriété des Condés.

1686

Vente de sa charge de trésorier des finances.

Mort du Grand Condé (le 1er décembre).

Fin du préceptorat de La Bruyère.

Reste néanmoins au service des Condés.

1688

Première édition des *Caractères*, suivie de deux autres.

1664

a Rochefoucauld, *éflexions ou entences et aximes morales*.

1664-1669

« Bataille » du *Tartuffe*.

1667-1668

Guerre de Dévolution, qui oppose la France à l'Espagne.

1668

La Fontaine, *Fables* (livres I-VI).

Repères chronologiques

Vie et œuvre de La Bruyère

1689
Quatrième édition, augmentée, des *Caractères*.

1690
Cinquième édition, de nouveau augmentée, des *Caractères*.

1691
Sixième édition, encore augmentée, des *Caractères*.

Candidature malheureuse à l'Académie française.

Événements politiques et culturels

1677
Racine, *Phèdre*.

1678
Mme de La Fayette, *La Princesse de Clèves*.

La Fontaine, *Fables* (livres VII-VIII).

1679
La Fontaine, *Fables* (livres IX-XI).

1682
Installation définitive de la cour à Versailles.

1692

Septième édition, augmentée, des *Caractères.*

1693

Élection à l'Académie française.

Discours de réception à l'Académie française.

1694

Huitième édition, toujours augmentée, des *Caractères.*

Rédaction des *Dialogues sur le quiétisme*.

1696

Mort de La Bruyère d'une attaque d'apoplexie.

Neuvième et dernière édition des *Caractères*.

1685

Révocation de l'édit de Nantes.

1687

Début de la querelle des Anciens et des Modernes.

1688

Début de la guerre de la ligue d'Augsbourg.

1694

La Fontaine, *Fables* (livre XII).

L'essentiel sur l'œuvre

Auteur :
Jean de La Bruyère.

Genre :
littérature d'idées.

Forme :
maximes, portraits
et « caractères », en prose.

Structure :
16 chapitres de longueur variable,
composés de « remarques » (fragments)
sur les mœurs du XVIIe siècle.

Les Ca

Sujet des chapitres XII à XVI :

– Chapitre XII : Des jugements (119 remarques).
– Chapitre XIII : De la mode (31 remarques).
– Chapitre XIV : De quelques usages (73 remarques).
– Chapitre XV : De la chaire (30 remarques).
– Chapitre XVI : Des esprits forts (50 remarques).

actères

Sujet des chapitres I à IV :

– Chapitre I : Des ouvrages de l'esprit (69 remarques).

– Chapitre II : Du mérite personnel (44 remarques).

– Chapitre III : Des femmes (81 remarques).

– Chapitre IV : Du cœur (85 remarques).

Sujet des chapitres V à XI :

– **Chapitre V : De la société et de la conversation** (83 remarques).
Le langage, vecteur de la sociabilité.
Comment bien s'exprimer en tenant compte des lieux et des interlocuteurs ? Que dire à ces derniers ?

– **Chapitre VI : Des biens de fortune** (83 remarques).
Le mépris des riches pour tous ceux qui ne le sont pas, et leur indifférence au mérite et à la vie de l'esprit.

– **Chapitre VII : De la ville** (22 remarques).
Portrait souvent satirique de la magistrature et des bourgeois de Paris.
La « ville » ou le règne de la vanité.

– **Chapitre VIII : De la cour** (101 remarques).
La cour, lieu des apparences où rien n'est sincère, où seul compte de capter la faveur du roi.

– **Chapitre IX : Des grands** (55 remarques).
L'insupportable arrogance des grands, leur égoïsme absolu.

– **Chapitre X : Du souverain ou de la république** (34 remarques).
La difficulté de gouverner, les défauts des rois, l'éloge de Louis XIV.

– **Chapitre XI : De l'homme** (158 remarques).
Une analyse de la nature humaine, trop souvent et presque irrémédiablement mauvaise.

Pour ou contre
Les Caractères ?

Pour

« Nous faisons trop peu d'attention à la perfection de ses fragments, qui contiennent souvent plus de matière que de longs discours, plus de proportion et plus d'art. »

Vauvenargues, *Les Orateurs*, 1743.

« La Bruyère est un des beaux écrivains du siècle de Louis XIV. Aucun homme n'a su donner plus de variété à son style, plus de formes diverses à sa langue, plus de mouvement à sa pensée. [...] L'ironie est son arme favorite. [...] Théophraste conjecture, La Rochefoucauld devine, et La Bruyère montre ce qui se passe au fond des cœurs. »

Chateaubriand, *Génie du christianisme*, 1802.

Contre

« Rien n'est plus aisé que de faire trois ou quatre pages d'un portrait, qui ne demande point d'ordre, et il n'y a point de génie si borné qui ne soit capable de coudre ensemble quelques médisances de son prochain et d'ajouter ce qui lui paraît capable de faire rire. »

Mercure galant (journal mondain et culturel), article de Fontenelle (?), 1693.

« Nous nous trouvons face à ce livre comme devant un édifice écroulé, dont il ne resterait que la masse confuse de toutes les pierres qui le composaient. Il est vrai que cette confusion est fort jolie. »

Flavio Luoni, *La Bruyère, de l'enfer au paradis*, Nizet, 2004.

Pour mieux lire l'œuvre

✣ Au temps de La Bruyère

De la régence d'Anne d'Autriche au règne personnel de Louis XIV

La Bruyère naît sous la régence d'Anne d'Autriche. Richelieu est mort en 1642 et Louis XIII quelques mois plus tard, en 1643. Né en 1638, le futur Louis XIV est trop jeune pour exercer le pouvoir. Entourée d'un Conseil mais s'appuyant principalement sur le cardinal Mazarin, Anne d'Autriche, sa mère, l'exerce officiellement en son nom et à sa place.

À l'intérieur, c'est une période de difficultés économiques, de mécontentements et de troubles. En 1648, le parlement de Paris se soulève contre la politique fiscale de Mazarin et l'arrestation de certains de ses membres. C'est le début de la Fronde, qui fut une véritable guerre civile. À cette Fronde dite « parlementaire » succède bientôt la Fronde dite « des princes », notamment menée par le Grand Condé, chez qui La Bruyère servira, bien des années plus tard. Réduits à l'obéissance par Richelieu, les « Grands » profitent de la faiblesse de l'autorité monarchique pour contester l'absolutisme royal. Patient et habile manœuvrier, Mazarin rétablit la situation. Après cinq ans de troubles, la Fronde, vaincue, s'achève en 1653 dans la lassitude générale. Entre-temps s'est terminée, en 1651, la régence d'Anne d'Autriche, Louis XIV venant d'atteindre sa majorité royale, alors fixée à 13 ans. Celui-ci laisse Mazarin continuer de gouverner.

À l'extérieur, la France remporte quelques succès. Signé en 1648, le traité de Westphalie met fin à la guerre de Trente Ans, opposant le royaume aux Habsbourg de la maison d'Autriche. La guerre contre l'Espagne s'achève avec la paix des Pyrénées, signée en 1659. Pour la solenniser et la maintenir, Louis XIV épouse en 1660 l'infante d'Espagne, Marie-Thérèse d'Autriche.

Mazarin meurt en mars 1661 : commence le règne personnel de Louis XIV, sous lequel La Bruyère passera tout le reste de sa vie.

Le règne personnel de Louis XIV

Pour gouverner, Louis XIII s'était appuyé sur un Premier ministre, le cardinal de Richelieu, et Anne d'Autriche sur le cardinal Mazarin. Louis XIV, lui, aura des ministres (dont Colbert, Louvois), mais jamais de Premier ministre. Jusqu'à sa mort, en 1715, il régnera et gouvernera directement.

La première moitié de son règne est éclatante et glorieuse. À l'intérieur, Louis XIV rétablit l'ordre dans son royaume et, à l'extérieur, en accroît le prestige. Il est le « Roi-Soleil », qui brille de tout son éclat. Malgré de récurrentes difficultés financières et des demi-échecs, l'économie du pays connaît une certaine croissance (augmentation du tonnage de la flotte marchande, développement des villes portuaires, accroissement du commerce extérieur). À l'extérieur, les guerres menées – guerre de Dévolution (1667-1668), guerre de Hollande (1672-1678) – s'achèvent à l'avantage de la France.

Le tournant du règne s'effectue en quelques années. En 1682, Louis XIV et sa cour quittent Paris, capitale historique du royaume, pour s'installer définitivement à Versailles : ce départ est ressenti par beaucoup comme un abandon et comme un enfermement du pouvoir dans un splendide isolement. En 1685, Louis XIV révoque l'édit de Nantes, qui, signé par son grand-père Henri IV en 1598, avait mis fin aux guerres de Religion et permis aux protestants (dans des conditions étroites) d'exercer librement leur culte. Les persécutions à leur égard reprennent.

Le règne s'assombrit d'autant plus que les difficultés économiques s'aggravent. Des famines éclatent dans les campagnes, notamment en 1693, ce qui provoque des révoltes durement réprimées. La fiscalité augmente. Des impôts dits « extraordinaires » (venant s'ajouter aux autres) se multiplient afin de financer la guerre de la ligue d'Augsbourg (1688-1697), qui voit une grande partie de l'Europe se coaliser contre la France. Vieilli, devenu dévot sous l'influence de Mme de Maintenon, qu'il a secrètement épousée après la mort de Marie-Thérèse en 1683, Louis XIV, désormais critiqué, se survit à lui-même.

Âgé de 16 ans quand débute, en 1661, le règne personnel de Louis XIV et de 39 ans quand, en 1684, il entre au service de la puissante famille des Condés, La Bruyère a donc vécu l'apogée et le déclin de l'un des plus longs règnes de la monarchie.

Le triomphe du classicisme

La France de 1660 voit le classicisme s'imposer dans presque tous les arts. Lentement préparé à partir des années 1640, son triomphe ne doit rien au hasard. Convaincu que le prestige d'une nation réside autant dans la puissance de ses armées que dans son rayonnement culturel, Louis XIV, mécène royal, pratique une intense politique de soutien aux écrivains et artistes.

Fondé sur le culte de l'Antiquité – érigée en modèle inégalable –, ce qu'on appelle le classicisme (le mot n'apparaîtra qu'au XIXe siècle) s'oppose en tous points au courant baroque qui l'a précédé : contre les fantaisies de ce dernier, il prône la rigueur et la clarté ; au détriment du rêve et de l'imagination, il privilégie la raison ; à la liberté toujours incontrôlable, il préfère les règles. Cet idéal est l'ennemi de tous les excès, de toutes les démesures. Le grandiose et le faste n'en sont pas absents, mais ils restent soumis à une exigence d'harmonie.

Le classicisme s'impose dans tous les arts : en architecture, avec Louis Le Vau (1612-1670) puis Jules Hardouin-Mansart

(1646-1708), architectes du château de Versailles ; en peinture, avec Charles Lebrun (1619-1690) ; en sculpture, avec François Girardon (1628-1715), auteur d'un buste du Grand Condé exposé au musée du Louvre ; avec André Le Nôtre (1613-1700), créateur du « jardin à la française » et des jardins de Versailles...

En littérature apparaît une nouvelle génération d'écrivains, dont il suffit de citer les noms pour se faire une idée de l'importance du classicisme et de son éclat : tandis que Corneille poursuit une carrière commencée dans les années 1630, Racine, La Fontaine, Mme de La Fayette, Boileau, Mme de Sévigné, Bossuet, La Rochefoucauld, La Bruyère... s'imposent, qui au théâtre, qui dans les fables, le roman, qui dans le genre oratoire ou l'art épistolaire, qui dans les maximes et les portraits.

Adhérant à l'idéal de l'« honnêteté », fait de mesure, de réserve, de curiosité, de sociabilité, « la cour et la ville » (désignant la partie la plus cultivée de la noblesse et de la bourgeoisie) réservent à leurs œuvres un accueil souvent passionné. C'est à ce public que s'adressera à son tour La Bruyère.

La querelle des Anciens et des Modernes

Cette « querelle » éclate en 1687, quand Charles Perrault (le futur auteur des *Contes*, qui ne paraîtront qu'en 1690) lit devant ses collègues de l'Académie française un long poème intitulé « Le Siècle de Louis le Grand ». Perrault y développe l'idée que les œuvres produites sous Louis XIV non seulement égalent mais dépassent les œuvres de l'Antiquité. C'est ouvertement remettre en cause le dogme classique, fondé sur la prééminence des Grecs et des Romains.

Le monde littéraire se divise dès lors en deux camps : d'un côté, les « Modernes », parmi lesquels Fontenelle, Saint-Évremond, Quinault ; et, de l'autre, les « Anciens », dont Racine,

La Fontaine et La Bruyère, qui se fit le vibrant défenseur du classicisme dans son *Discours de réception à l'Académie française*.

La « querelle » se poursuivit longtemps après la mort de l'auteur des *Caractères* pour ne s'apaiser qu'en 1714, sur un compromis très diplomatique : « Modernes » et « Anciens » s'accordèrent sur le fait que chaque auteur avait été « moderne » en son temps. Par-delà les échanges parfois vifs que connurent les uns et les autres, cette « querelle » marquait le déclin du classicisme et la fin du monde auquel avait appartenu La Bruyère.

L'essentiel

Né en 1645 sous la régence d'Anne d'Autriche et mort en 1696, La Bruyère passe la plus grande partie de son existence sous le règne de Louis XIV. Témoin de l'apogée du Roi-Soleil, il est, auprès des Condés, l'observateur attentif de son lent déclin. Jusque vers 1687 triomphe le classicisme, progressivement et finalement remis en cause par la querelle des Anciens et des Modernes – à laquelle La Bruyère prit part aux côtés des « Anciens ».

❖ L'œuvre aujourd'hui

Un succès constant

À leur publication, *Les Caractères* durent une partie de leur succès à leurs portraits : on y chercha des clés, avec plus ou moins de raison mais avec beaucoup de passion. Qui La Bruyère dépeignait-il ou visait-il sous les traits d'Arrias (V, 9), de Ménalque (XI, 7)... ? Avec le temps, cette curiosité s'est estompée. Voltaire observe dans son *Siècle de Louis XIV* (1756) que « ce livre baissa dans l'esprit des hommes quand une génération entière attaquée par l'ouvrage fut passée. Cependant, comme il y a des choses de tous les temps et de tous les lieux, il est à croire qu'il ne sera jamais oublié ». Il ne l'a, en effet, jamais été.

Les Caractères se lisent toujours. En témoigne le nombre d'études qui leur sont consacrées et d'éditions savantes ou à destination du grand public. Les tirages n'atteignent certes pas ceux d'un best-seller ou d'un prix Goncourt, mais chaque année un bon millier d'exemplaires continuent de se vendre.

C'est honorable pour une œuvre exigeante, qui sollicite une attention et une réflexion toutes particulières de la part du lecteur. Point d'intrigue, en effet, pour séduire ;

> *Ce livre baissa dans l'esprit des hommes quand une génération entière attaquée par l'ouvrage fut passée. Cependant, comme il y a des choses de tous les temps et de tous les lieux, il est à croire qu'il ne sera jamais oublié.*
>
> Voltaire, à propos des *Caractères*, 1756.

le tableau d'une société, celle de l'Ancien Régime, aujourd'hui disparue ; une écriture du fragment qui ne facilite pas une lecture au long cours : *Les Caractères* réservent leur séduction à un lectorat curieux et appliqué.

« *La cour ne rend pas content, elle empêche qu'on ne le soit ailleurs.*

Jean de La Bruyère,
Les Caractères, VIII, 8. »

L'œuvre du plus classique des moralistes

Lire *Les Caractères*, c'est apprendre à écrire. La Bruyère est l'un des plus purs stylistes du XVIIe siècle. Chez lui, l'économie de mots est au service de la pensée. Ici c'est une formule choc : « La cour ne rend pas content, elle empêche qu'on ne le soit ailleurs » (VIII, 8). Tout est dit de la fascination qu'elle exerce et des déceptions qu'elle procure. Les chutes sont frappantes, comme celles, symétriques, qui terminent les portraits de Giton et de Phédon : « Il est riche / Il est pauvre » (VI, 83). Le ton peut se faire virulent : « N'espérez plus de candeur, de franchise, d'équité [...] dans un homme qui s'est donné depuis quelque temps à la cour » (VIII, 62). Variée, l'écriture de La Bruyère est souvent visuelle, presque cinématographique avant la lettre : « Aristarque se transporte dans la place avec un héraut et une trompette » (IX, 45). Comment mieux exprimer l'absurdité d'une existence : « Narcisse se lève le matin pour se coucher le soir » (VII, 12) ? Comment mieux dénoncer les horreurs de la guerre que par ces quelques mots : « On l'a toujours vue remplir le monde de veuves et d'orphelins, épuiser les familles d'héritiers » (X, 9) ?

Une réflexion sur l'homme

> « *Dans cent ans le monde subsistera encore en son entier : ce sera le même théâtre et les mêmes décorations, ce ne seront plus les mêmes acteurs.*
>
> Jean de La Bruyère, *Les Caractères*, VIII, 99. »

Les Caractères ou les Mœurs de ce siècle : comme l'indique le sous-titre, La Bruyère a d'abord voulu peindre son époque. Mais, à travers celle-ci, il a aussi voulu « peindre les hommes en général » (préface), c'est-à-dire remonter du particulier au général. En cela, sa démarche est très classique. C'est qu'il est convaincu de la permanence des comportements humains : « Dans cent ans le monde subsistera encore en son entier : ce sera le même théâtre et les mêmes décorations, ce ne seront plus les mêmes acteurs » (VIII, 99). Du XVIIe siècle à nos jours, la comédie sociale que décrit La Bruyère s'est à coup sûr métamorphosée : les intérêts ne sont plus les mêmes, mais ce sont toujours des intérêts ; la vanité ne s'exprime plus de la même façon, mais elle existe toujours, ne serait-ce que sur les réseaux sociaux. Aussi, comme Pascal en son temps ou comme La Rochefoucauld, La Bruyère est d'un pessimisme foncier. Il ne croit guère que l'homme puisse vraiment s'améliorer. Nul n'est obligé de partager son avis. Mais lire *Les Caractères*, c'est nous obliger à réfléchir sur nous-mêmes. L'incivilité, nous apprend-il, « n'est pas un vice de l'âme, elle est l'effet de plusieurs vices » (XI, 8).

✣ Présentation des chapitres V à XI

Chapitre V : *De la société et de la conversation*

« Société » possède ici un sens plus restreint que de nos jours, même si celui-ci subsiste encore. Le mot désigne le groupe, le milieu (social, familial, amical) dans lequel une personne évolue. De là son lien avec la « conversation », vecteur essentiel de toute sociabilité. Que dire et comment s'exprimer dans différentes circonstances, en fonction du lieu et des interlocuteurs ? « Il y a parler bien, parler aisément, parler juste, parler à propos » (23). Ces expressions ne sont pas synonymes. Parmi les nombreuses maladresses à ne pas commettre, certaines sont absolument à éviter, comme la « moquerie », qui « est souvent indigence d'esprit » (57), comme aussi se vanter et, plus généralement, parler de soi.

Chapitre VI : *Des biens de fortune*

La « fortune », c'est naturellement la richesse ; mais le mot évoque aussi ce qui arrive par chance, par hasard, comme les gains d'un jeu. La Bruyère joue sur les deux sens du mot. Il en est un troisième, implicite. Le titre suggère en effet qu'il existe des « biens » qui ne soient pas « de fortune », comme l'esprit, l'intelligence, la création d'œuvres d'art. Le chapitre évoque l'arrogance des riches, leur égoïsme, mais aussi la peur de la ruine et, en définitive, l'inutilité de vouloir être fort riche : « Il faut avoir trente ans pour songer à sa fortune ; elle n'est pas faite à cinquante ; l'on bâtit dans la vieillesse et l'on meurt quand on en est aux peintres et aux vitriers » (40). À quoi bon ?

Chapitre VII : De la ville

La « ville » en question est Paris, et ce n'est pas tout Paris : le peuple et les artisans ne sont pas évoqués. Il s'agit en fait de la partie de la ville qu'on englobait alors dans l'expression « la cour et la ville », la noblesse et la haute bourgeoisie. Cette « ville » est constituée de coteries éphémères, qui, sitôt évanouies, renaissent sous d'autres formes. La vanité, l'envie et le goût des futilités les caractérisent. On se promène dans les lieux à la mode pour se faire voir, montrer son carrosse, critiquer autrui. C'est le triomphe des apparences. La magistrature occupe une place importante : les avocats s'efforcent d'intégrer la « petite robe », qui elle-même voudrait appartenir à la « grande robe ». Partout, l'argent confère l'estime : « *Théramène* était riche et avait du mérite ; il a hérité, il est donc très riche et d'un très grand mérite » (14). Ignorante de la misère des campagnes, la « ville » ne songe qu'à « singer » la cour.

Chapitre VIII : De la cour

Ce chapitre est un réquisitoire contre les mœurs de la cour et les défauts des courtisans. Nulle part ailleurs la comédie sociale n'est aussi présente. Les apparences ne correspondent jamais à la réalité. L'être est dissocié du paraître. Les réussites y sont aussi soudaines qu'éphémères. Chacun travaille à « s'avancer » et à perdre ses rivaux. « N'espérez plus de candeur, de franchise, d'équité, de bons offices, de services, de bienveillance, de générosité, de fermeté dans un homme qui s'est depuis quelque temps livré à la cour, et qui secrètement veut sa fortune » (62). La cour n'en fascine pas moins : tout y est plus beau, plus élégant, plus civilisé qu'ailleurs. Tout y est aussi plus cruel. La cour ne rend jamais heureux, elle empêche seulement de l'être en dehors d'elle.

Chapitre IX : Des grands

Les « grands » appartiennent aux plus illustres familles du royaume et certains d'entre eux à la famille royale des Bourbons. Ce sont des princes et des ducs. Eux font naturellement partie de la cour mais n'ont pas besoin de « faire leur cour » pour « s'avancer » et s'enrichir. Ils sont au sommet de la hiérarchie sociale, juste en dessous du roi, ils sont fortunés et mènent grand train. Leur situation et leurs privilèges ne font qu'accentuer leurs défauts : ils sont méprisants, arrogants, d'un égoïsme foncier, peu soucieux de se former aux affaires de l'État, mais ils peuvent nuire à qui leur déplaît : « si les grands ont les occasions de nous faire du bien, ils en ont rarement la volonté ; et s'ils désirent de nous faire du mal, ils n'en trouvent pas toujours les occasions » (52). Ils bénéficient pourtant d'un préjugé favorable de la part du peuple.

Chapitre X : Du souverain ou de la république

La « république » ne désigne pas une forme de gouvernement particulière. C'est la traduction du latin *res publica*, qui désignait la « chose publique », l'État. Être roi, c'est exercer une charge si lourde que La Bruyère n'envie pas ceux qui le sont. Il faut, pour régner, d'immenses qualités, faire preuve de prudence, de sagesse, se méfier souvent de tout un chacun, n'avoir pour seule ambition que de faire le bonheur de son peuple. « Nommer un roi père du peuple est moins faire son éloge que l'appeler par son nom, ou faire sa définition » (27). Le chapitre s'achève sur un éloge de Louis XIV, qui rassemble en sa personne toutes les qualités et vertus nécessaires et qui, pour cette raison, est « bien digne du nom de Grand » (35).

Chapitre XI : De l'homme

L'observation de ses contemporains conduit La Bruyère à s'intéresser à la nature humaine. Est-il possible de la caractériser, donc de définir l'homme, par-delà les différences d'époques, de situations, de mœurs ? L'idée que La Bruyère s'en fait est d'un pessimisme profond, qui trouve son origine dans sa vision chrétienne de l'homme, marqué par le péché. « Ne nous emportons point contre les hommes en voyant leur dureté, leur ingratitude, leur injustice, leur fierté, l'amour d'eux-mêmes, et l'oubli des autres : ils sont ainsi faits, c'est leur nature, c'est ne pouvoir supporter que la pierre tombe ou que le feu s'élève » (1). Cette « nature » est permanente, immuable. Tenter de la modifier et de l'améliorer, fût-ce sur quelques points, reste une gageure. C'est le point de vue traditionnel des moralistes du XVIIe siècle.

Les Caractères

ou les Mœurs de ce siècle

Jean de La Bruyère

Chapitres V à XI

LES CARACTERES DE LA BRUYERE.

JE rends au public ce qu'il m'a prêté : j'ai emprunté de lui la matiere de cet ouvrage, il eſt juſte que l'ayant achevé avec toute l'attention pour la vérité dont je ſuis capable, & qu'il mérite de moi, je lui en faſſe la reſtitution. Il peut regarder avec loiſir ce portrait que j'ai fait de lui d'après nature ; & s'il ſe connoît quelques-uns des défauts que je touche, s'en corriger. C'eſt l'unique fin que l'on doit ſe propoſer en écrivant, & le ſuccès auſſi que l'on doit moins ſe promettre. Mais comme les hommes ne ſe dégoutent point du vice, il ne faut pas auſſi ſe laſſer de le leur reprocher : ils ſeroient peut-être pires, s'ils venoient à manquer de cenſeurs ou de critiques ; c'eſt ce qui fait que l'on prêche, & que

K

Les Caractères de La Bruyère. Édition de 1765.

Chapitre V

De la société et de la conversation

1 (I) L'on marche sur les mauvais plaisants[1], et il pleut par tout le pays de cette sorte d'insectes. Un bon plaisant est une pièce rare ; à un homme qui est né tel, il est encore fort délicat d'en soutenir longtemps le personnage ; il n'est pas ordinaire que celui qui fait rire se fasse estimer.

6 (IV) L'on voit des gens qui, dans les conversations ou dans le peu de commerce que l'on a avec eux, vous dégoûtent par leurs ridicules expressions, par la nouveauté, et j'ose dire par l'impropriété des termes dont ils se servent, comme par l'alliance de certains mots qui ne se rencontrent ensemble que dans leur bouche, et à qui ils font signifier des choses que leurs premiers inventeurs n'ont jamais eu intention de leur faire dire. Ils ne suivent en parlant ni la raison ni l'usage, mais leur bizarre génie[2], que l'envie de toujours plaisanter, et peut-être de briller, tourne insensiblement à un jargon qui leur est propre, et qui devient enfin leur idiome naturel ; ils accompagnent un langage si extravagant

---

1. **Mauvais plaisants :** amuseurs, qui font des plaisanteries.
2. **Génie :** inclination particulière.

d'un geste[1] affecté et d'une prononciation qui est contrefaite. Tous sont contents d'eux-mêmes et de l'agrément de leur esprit, et l'on ne peut pas dire qu'ils en soient entièrement dénués ; mais on les plaint de ce peu qu'ils en ont ; et, ce qui est pire, on en souffre.

7 (v) Que dites-vous ? Comment ? Je n'y suis pas ; vous plairait-il de recommencer ? J'y suis encore moins. Je devine enfin : vous voulez, *Acis*, me dire qu'il fait froid ; que ne disiez-vous : « Il fait froid » ? Vous voulez m'apprendre qu'il pleut ou qu'il neige ; dites : « Il pleut, il neige. » Vous me trouvez bon visage, et vous désirez de m'en féliciter ; dites : « Je vous trouve bon visage. » – Mais, répondez-vous, cela est bien uni et bien clair ; et d'ailleurs qui ne pourrait pas en dire autant ? – Qu'importe, Acis ? Est-ce un si grand mal d'être entendu quand on parle, et de parler comme tout le monde ? Une chose vous manque, Acis, à vous et à vos semblables les diseurs de *phœbus*[2] ; vous ne vous en défiez point, et je vais vous jeter dans l'étonnement : une chose vous manque, c'est l'esprit. Ce n'est pas tout : il y a en vous une chose de trop, qui est l'opinion d'en avoir plus que les autres ; voilà la source de votre pompeux galimatias, de vos phrases embrouillées, et de vos grands mots qui ne signifient rien. Vous abordez cet homme, ou vous entrez dans cette chambre ; je vous tire par votre habit, et vous dis à l'oreille : « Ne songez point à avoir de l'esprit, n'en ayez point, c'est votre rôle ; ayez, si vous pouvez, un langage simple, et tel que

1. **Geste :** gestes (sens collectif).
2. ***Phœbus :*** façon de parler obscure et prétentieuse.

l'ont ceux en qui vous ne trouvez aucun esprit : peut-être alors croira-t-on que vous en avez. »

9 (VIII) *Arrias* a tout lu, a tout vu, il veut le persuader ainsi ; c'est un homme universel, et il se donne pour tel : il aime mieux mentir que de se taire ou de paraître ignorer quelque chose. On parle à la table d'un grand d'une cour du Nord : il prend la parole, et l'ôte à ceux qui allaient dire ce qu'ils en savent ; il s'oriente dans cette région lointaine comme s'il en était originaire ; il discourt des mœurs de cette cour, des femmes du pays, de ses lois et de ses coutumes ; il récite des historiettes qui y sont arrivées ; il les trouve plaisantes, et il en rit le premier jusqu'à éclater. Quelqu'un se hasarde de le contredire, et lui prouve nettement qu'il dit des choses qui ne sont pas vraies. Arrias ne se trouble point, prend feu au contraire contre l'interrupteur : « Je n'avance, lui dit-il, je ne raconte rien que je ne sache d'original : je l'ai appris de *Sethon*, ambassadeur de France dans cette cour, revenu à Paris depuis quelques jours, que je connais familièrement, que j'ai fort interrogé, et qui ne m'a caché aucune circonstance. » Il reprenait le fil de sa narration avec plus de confiance qu'il ne l'avait commencée, lorsque l'un des conviés lui dit : « C'est Sethon à qui vous parlez, lui-même, et qui arrive de son ambassade. »

12 (V) J'entends *Théodecte* de l'antichambre ; il grossit sa voix à mesure qu'il s'approche ; le voilà entré : il rit, il crie, il éclate ; on bouche ses oreilles, c'est un tonnerre. Il n'est pas moins redoutable par les choses qu'il dit que par le ton dont il parle. Il ne s'apaise, et il ne revient de ce grand fracas que pour bredouiller des vanités[1] et des sottises. Il a si peu d'égard au temps[2], aux personnes, aux bienséances, que chacun a son fait sans qu'il ait eu intention de le lui donner ; il n'est pas encore assis qu'il a, à son insu, désobligé toute l'assemblée. A-t-on servi, il se met le premier à table et dans la première place ; les femmes sont à sa droite et à sa gauche. Il mange, il boit, il conte, il plaisante, il interrompt tout à la fois. Il n'a nul discernement des personnes, ni du maître, ni des conviés ; il abuse de la folle déférence qu'on a pour lui. Est-ce lui, est-ce *Euthydème* qui donne le repas ? Il rappelle à soi[3] toute l'autorité de la table ; et il y a un moindre inconvénient à la lui laisser entière qu'à la lui disputer. Le vin et les viandes[4] n'ajoutent rien à son caractère. Si l'on joue, il gagne au jeu ; il veut railler celui qui perd, et il l'offense ; les rieurs sont pour lui : il n'y a sorte de fatuités qu'on ne lui passe. Je cède enfin et je disparais, incapable de souffrir plus longtemps Théodecte, et ceux qui le souffrent.

18 (I) C'est une grande misère que de n'avoir pas assez d'esprit pour bien parler, ni assez de jugement pour se taire. Voilà le principe de toute impertinence.

23 (V) Il y a parler bien, parler aisément, parler juste, parler à propos. C'est pécher contre ce dernier genre que de s'étendre sur un repas magnifique que l'on vient de faire, devant des gens qui sont réduits à épargner

---

1. **Vanités :** choses vaines, c'est-à-dire creuses.
2. **Temps :** circonstances.
3. **À soi :** nous dirions « à lui ». Le pronom personnel neutre pouvait renvoyer à une personne identifiée.
4. **Viandes :** sens latin ; ce qui se mange, les mets.

leur pain ; de dire merveilles de sa santé devant des infirmes ; d'entretenir de ses richesses, de ses revenus et de ses ameublements un homme qui n'a ni rentes ni domicile ; en un mot, de parler de son bonheur devant des misérables : cette conversation est trop forte pour eux, et la comparaison qu'ils font alors de leur état au vôtre est odieuse.

48 (VII) Il est souvent plus court et plus utile de cadrer[1] aux autres que de faire que les autres s'ajustent à nous.

49 (V) J'approche d'une petite ville et je suis déjà sur une hauteur d'où je la découvre. Elle est située à mi-côte ; une rivière baigne ses murs ; et coule ensuite dans une belle prairie ; elle a une forêt épaisse qui la couvre des vents froids et de l'aquilon. Je la vois dans un jour si favorable, que je compte ses tours et ses clochers ; elle me paraît peinte sur le penchant de la colline. Je me récrie, et je dis : « Quel plaisir de vivre sous un si beau ciel et dans ce séjour si délicieux ! » Je descends dans la ville, où je n'ai pas couché deux nuits, que je ressemble à ceux qui l'habitent : j'en veux sortir.

50 (IV) Il y a une chose que l'on n'a point vue sous le ciel et que selon toutes les apparences on ne verra jamais : c'est une petite ville qui n'est divisée en aucuns[2] partis ; où les familles sont unies, et où les cousins se voient avec confiance ; où un mariage n'engendre point une guerre civile ; où la querelle des

1. **Cadrer :** s'ajuster, s'adapter.
2. **Aucuns :** on pouvait, dans la langue classique, employer l'adjectif indéfini accordé au pluriel.

rangs ne se réveille pas à tous moments par l'offrande, l'encens et le pain bénit, par les processions et par les obsèques ; d'où l'on a banni les *caquets*, le mensonge et la médisance ; où l'on voit parler ensemble le bailli et le président, les élus[1] et les assesseurs ; où le doyen vit bien avec ses chanoines ; où les chanoines ne dédaignent pas les chapelains, et où ceux-ci souffrent les chantres[2].

51 (IV) Les provinciaux et les sots sont toujours prêts à se fâcher, et à croire qu'on se moque d'eux ou qu'on les méprise ; il ne faut jamais hasarder la plaisanterie, même la plus douce et la plus permise, qu'avec des gens polis, ou qui ont de l'esprit.

52 (V) On ne prime point[3] avec les grands, ils se défendent par leur grandeur ; ni avec les petits, ils vous repoussent par le *qui vive*.

56 (IV) Rire des gens d'esprit, c'est le privilège des sots : ils sont dans le monde ce que les fous[4] sont à la cour, je veux dire sans conséquence.

57 (I) La moquerie est souvent indigence d'esprit.

83 (I) Le sage quelquefois évite le monde, de peur d'être ennuyé.

☛ **Pour le questionnaire relatif à ce chapitre, voir page 142.**

1. **Élus** : les officiers chargés de juger les affaires courantes liées aux impôts. Les *assesseurs* assistaient les juges dans les procès.
2. **Doyens [...] chanoines, [...] chapelains [...] chantres** : membres de la hiérarchie ecclésiastique présentés dans l'ordre décroissant.
3. **On ne prime point** : primer signifie « avoir l'avantage ».
4. **Les fous** : les bouffons n'étaient plus en usage vers la fin du XVIIe siècle. L'un des derniers fut l'Angély, le fou de Louis XIII.

Chapitre VI

Des biens de fortune

2 (I) Une grande naissance ou une grande fortune annonce le mérite, et le fait plus tôt remarquer.

10 (IV) Un projet assez vain serait de vouloir tourner un homme fort sot et fort riche en ridicule ; les rieurs sont de son côté.

17 (I) L'on porte *Crésus* au cimetière : de toutes ses immenses richesses que le vol et la concussion[1] lui avaient acquises, et qu'il a épuisées par le luxe et par la bonne chère, il ne lui est pas demeuré de quoi se faire enterrer ; il est mort insolvable, sans bien, et ainsi privé de tous les secours : l'on n'a vu chez lui ni julep[2], ni cordiaux[3], ni médecins, ni le moindre docteur[4] qui l'ait assuré de son salut.

24 (I) Rien ne fait mieux comprendre le peu de chose que Dieu croit donner aux hommes, en leur abandonnant les richesses, l'argent, les grands établissements[5] et les autres biens, que la dispensation[6] qu'il en fait, et le genre d'hommes qui en sont le mieux pourvus.

---

1. **Concussion :** escroquerie.
2. **Julep :** potion composée d'eau distillée et de sirop.
3. **Cordiaux :** un cordial est une liqueur forte à valeur de remontant.
4. **Docteur :** prêtre (docteur en théologie).
5. **Établissements :** situations.
6. **Dispensation :** distribution.

25 (v) Si vous entrez dans les cuisines, où l'on voit réduit en art et en méthode le secret de flatter votre goût et de vous faire manger au-delà du nécessaire ; si vous examinez en détail tous les apprêts des viandes[1] qui doivent composer le festin que l'on vous prépare ; si vous regardez par quelles mains elles passent, et toutes les formes différentes qu'elles prennent avant de devenir un mets exquis, et d'arriver à cette propreté et à cette élégance qui charment vos yeux, vous font hésiter sur le choix, et prendre le parti d'essayer de tout ; si vous voyez tout le repas ailleurs que sur une table bien servie, quelles saletés ! quel dégoût ! Si vous allez derrière un théâtre, et si vous nombrez[2] les poids, les roues, les cordages, qui font les vols et les machines[3] ; si vous considérez combien de gens entrent dans l'exécution de ces mouvements, quelle force de bras, et quelle extension de nerfs ils y emploient, vous direz : « Sont-ce là les principes et les ressorts de ce spectacle si beau, si naturel, qui paraît animé et agir de soi-même ? » Vous vous récrierez : « Quels efforts ! quelle violence ! » De même n'approfondissez pas la fortune des partisans[4].

1. **Viandes :** mets, plats.
2. **Vous nombrez :** vous dénombrez, vous comptez.
3. **Machines :** les systèmes de poulie qui permettaient les effets de mise en scène au théâtre.
4. **Les partisans :** ce sont les financiers chargés de récolter l'impôt, comme l'étaient les fermiers généraux. Ils étaient souvent immensément riches et peu populaires. Dans un fragment précédent, La Bruyère les désigne de façon énigmatique : les P.T.S. (*Des biens de fortune*, 14).

38 (I) Il faut une sorte d'esprit pour faire fortune, et surtout une grande fortune : ce n'est ni le bon ni le bel esprit, ni le grand ni le sublime, ni le fort ni le délicat ; je ne sais précisément lequel c'est, et j'attends que quelqu'un veuille m'en instruire.

(V) Il faut moins d'esprit que d'habitude ou d'expérience pour faire sa fortune ; l'on y songe trop tard, et quand enfin l'on s'en avise, l'on commence par des fautes que l'on n'a pas toujours le loisir de réparer : de là vient peut-être que les fortunes sont si rares.

(V) Un homme d'un petit génie[1] peut vouloir s'avancer[2] : il néglige tout, il ne pense du matin au soir, il ne rêve la nuit qu'à une seule chose, qui est de s'avancer. Il a commencé de bonne heure, et dès son adolescence, à se mettre dans les voies de la fortune : s'il trouve une barrière de front qui ferme son passage, il biaise naturellement, et va à droit[3] ou à gauche, selon qu'il y voit de jour et d'apparence[4], et si de nouveaux obstacles l'arrêtent, il rentre dans le sentier qu'il avait quitté ; il est déterminé, par la nature des difficultés, tantôt à les surmonter, tantôt à les éviter, ou à prendre d'autres mesures : son intérêt, l'usage, les conjectures le dirigent. Faut-il de si grands talents et une si bonne tête à un voyageur pour suivre d'abord le grand chemin, et s'il est plein et embarrassé, prendre la terre, et aller à travers champs, puis regagner sa première route,

1. **Génie :** talent.
2. **S'avancer :** faire fortune.
3. **À droit :** à droite.
4. **D'apparence :** un succès possible.

la continuer, arriver à son terme ? Faut-il tant d'esprit pour aller à ses fins ? Est-ce donc un prodige qu'un sot riche et accrédité ?

(v) Il y a même des stupides, et j'ose dire des imbéciles[1], qui se placent en de beaux postes, et qui savent mourir dans l'opulence, sans qu'on les doive soupçonner en nulle manière d'y avoir contribué de leur travail ou de la moindre industrie[2] : quelqu'un les a conduits à la source d'un fleuve, ou bien le hasard seul les y a fait rencontrer ; on leur a dit : « Voulez-vous de l'eau ? puisez » ; et ils ont puisé.

39 (v) Quand on est jeune, souvent on est pauvre : ou l'on n'a pas encore fait d'acquisitions, ou les successions ne sont pas échues. L'on devient riche et vieux en même temps : tant il est rare que les hommes puissent réunir tous leurs avantages ! et si cela arrive à quelques-uns, il n'y a pas de quoi leur porter envie : ils ont assez à perdre par la mort pour mériter d'être plaints.

40 (I) Il faut avoir trente ans pour songer à sa fortune ; elle n'est pas faite à cinquante ; l'on bâtit dans la vieillesse, et l'on meurt quand on en est aux peintres et aux vitriers.

41 (v) Quel est le fruit d'une grande fortune, si ce n'est de jouir de la vanité, de l'industrie, du travail et de la dépense de ceux qui sont venus avant nous, et de

1. **Des stupides [...] des imbéciles :** dans la gradation de la sottise, le stupide l'emportait alors sur l'imbécile. La Bruyère inverse la hiérarchie.

2. **Industrie :** activité, adresse (*industria* en latin).

travailler nous-mêmes, de planter, de bâtir, d'acquérir pour la postérité ?

42 (I) L'on ouvre[1] et l'on étale tous les matins pour tromper son monde ; et l'on ferme le soir après avoir trompé tout le jour.

52 (IV) Il y a au monde deux manières de s'élever, ou par sa propre industrie, ou par l'imbécillité[2] des autres.

68 (V) Triste condition de l'homme, et qui dégoûte de la vie : il faut suer, veiller, fléchir, dépendre pour avoir un peu de fortune ; ou la devoir à l'agonie de nos proches : celui qui s'empêche de souhaiter que son père y passe[3] bientôt, est homme de bien.

83 (VI) *Giton* a le teint frais, le visage plein et les joues pendantes, l'œil fixe et assuré, les épaules larges, l'estomac haut[4], la démarche ferme et délibérée[5]. Il parle avec confiance ; il fait répéter celui qui l'entretient, et il ne goûte que médiocrement tout ce qu'il lui dit. Il déploie un ample mouchoir, et se mouche avec grand bruit ; il crache fort loin, et il éternue fort haut. Il dort le jour, il dort la nuit, et profondément ; il ronfle en compagnie. Il occupe à table et à la promenade plus de place qu'un autre. Il tient le milieu en se promenant avec ses égaux ; il s'arrête, et l'on s'arrête ; il continue de marcher, et l'on marche : tous se règlent sur lui.

1. **On ouvre :** sous-entendu « sa boutique ».
2. **L'imbécillité :** ici, synonyme de « faiblesse ».
3. **Y passe :** meure, le terme est déjà familier. On se souvient que c'est le vœu de Don Juan qui « enrage de voir des pères qui vivent autant que leurs fils » (Molière, *Dom Juan*, IV, 5).
4. **L'estomac haut :** la poitrine bombée.
5. **Délibérée :** aisée, avantageuse.

Il interrompt, il redresse ceux qui ont la parole : on ne l'interrompt pas, on l'écoute aussi longtemps qu'il veut parler ; on est de son avis, on croit les nouvelles qu'il débite. S'il s'assied, vous le voyez s'enfoncer dans un fauteuil, croiser les jambes l'une sur l'autre, froncer le sourcil, abaisser son chapeau sur ses yeux pour ne voir personne, ou le relever ensuite, et découvrir son front par fierté et par audace. Il est enjoué, grand rieur, impatient, présomptueux, colère, libertin[1], politique[2], mystérieux sur les affaires du temps ; il se croit des talents et de l'esprit. Il est riche.

Phédon a les yeux creux, le teint échauffé, le corps sec et le visage maigre ; il dort peu, et d'un sommeil fort léger ; il est abstrait[3], rêveur, et il a avec de l'esprit l'air d'un stupide : il oublie de dire ce qu'il sait, ou de parler d'événements qui lui sont connus ; et s'il le fait quelquefois, il s'en tire mal, il croit peser à ceux à qui il parle, il conte brièvement, mais froidement ; il ne se fait pas écouter, il ne fait point rire. Il applaudit, il sourit à ce que les autres lui disent, il est de leur avis ; il court, il vole pour leur rendre de petits services. Il est complaisant, flatteur, empressé ; il est mystérieux sur ses affaires, quelquefois menteur ; il est superstitieux, scrupuleux, timide. Il marche doucement et légèrement, il semble craindre de fouler la terre ; il marche les yeux baissés, et il n'ose les lever sur ceux qui passent. Il n'est jamais du nombre de ceux qui forment un cercle pour

1. **Libertin :** qui refuse toute contrainte.
2. **Politique :** informé sur les questions politiques.
3. **Abstrait :** distrait.

discourir ; il se met derrière celui qui parle, recueille furtivement ce qui se dit, et il se retire si on le regarde. Il n'occupe point de lieu, il ne tient point de place ; il va les épaules serrées, le chapeau abaissé sur ses yeux pour n'être point vu ; il se replie et se renferme dans son manteau ; il n'y a point de rues ni de galeries si embarrassées et si remplies de monde, où il ne trouve moyen de passer sans effort, et de se couler sans être aperçu. Si on le prie de s'asseoir, il se met à peine sur le bord d'un siège ; il parle bas dans la conversation, et il articule mal ; libre néanmoins sur les affaires publiques, chagrin contre le siècle[1], médiocrement prévenu des ministres[2] et du ministère. Il n'ouvre la bouche que pour répondre ; il tousse, il se mouche sous son chapeau, il crache presque sur soi, et il attend qu'il soit seul pour éternuer, ou, si cela lui arrive, c'est à l'insu de la compagnie : il n'en coûte à personne ni salut ni compliment. Il est pauvre.

☛ **Pour le questionnaire relatif à ce chapitre, voir page 143.**

1. **Chagrin contre le siècle :** mécontent de son époque.
2. **Médiocrement prévenu des ministres :** plutôt favorable aux ministres.

Chapitre VII

De la ville

1 (I) L'on se donne à Paris, sans se parler, comme un rendez-vous public, mais fort exact, tous les soirs au Cours[1] ou aux Tuileries, pour se regarder au visage et se désapprouver les uns les autres.

(I) L'on ne peut se passer de ce même monde que l'on n'aime point, et dont l'on se moque.

(VII) L'on s'attend au passage réciproquement dans une promenade publique ; l'on y passe en revue l'un devant l'autre : carrosse, chevaux, livrées, armoiries, rien n'échappe aux yeux, tout est curieusement ou malignement observé ; et selon le plus ou le moins de l'équipage, ou l'on respecte les personnes, ou on les dédaigne.

3 (V) Dans ces lieux d'un concours[2] général, où les femmes se rassemblent pour montrer une belle étoffe, et pour recueillir le fruit de leur toilette, on ne se promène pas avec une compagne par la nécessité de la conversation ; on se joint ensemble pour se rassurer sur le théâtre[3], s'apprivoiser avec le public, et se raffermir contre la critique : c'est là précisément qu'on se parle

---

1. **Le Cours :** le Cours-la-Reine, près de la Seine, promenade à la mode.
2. **Ces lieux d'un concours :** ces lieux de grande affluence.
3. **Théâtre :** cette société est un lieu où l'on joue un rôle.

sans se rien dire, ou plutôt qu'on parle pour les passants, pour ceux mêmes en faveur de qui l'on hausse sa voix, l'on gesticule et l'on badine, l'on penche négligemment la tête, l'on passe et l'on repasse.

4 (I) La ville est partagée en diverses sociétés, qui sont comme autant de petites républiques, qui ont leurs lois, leurs usages, leur jargon, et leurs mots pour rire. Tant que cet assemblage est dans sa force, et que l'entêtement subsiste, l'on ne trouve rien de bien dit ou de bien fait que ce qui part des siens, et l'on est incapable de goûter ce qui vient d'ailleurs : cela va jusques au mépris pour les gens qui ne sont pas initiés dans leurs mystères. L'homme du monde d'un meilleur esprit, que le hasard a porté au milieu d'eux, leur est étranger : il se trouve là comme dans un pays lointain, dont il ne connaît ni les routes, ni la langue, ni les mœurs, ni la coutume ; il voit un peuple qui cause, bourdonne, parle à l'oreille, éclate de rire, et qui retombe ensuite dans un morne silence ; il y perd son maintien, ne trouve pas où placer un seul mot, et n'a pas même de quoi écouter. Il ne manque jamais là un mauvais plaisant qui domine, et qui est comme le héros de la société : celui-ci s'est chargé de la joie des autres, et fait toujours rire avant que d'avoir parlé. Si quelquefois une femme survient qui n'est point de leurs plaisirs, la bande joyeuse ne peut comprendre qu'elle ne sache point rire des choses qu'elle n'entend point[1], et paraisse insensible à des fadaises qu'ils n'entendent eux-mêmes que parce qu'ils les ont faites : ils ne lui pardonnent ni son ton

1. **Qu'elle n'entend point :** qu'elle ne comprend pas.

de voix, ni son silence, ni sa taille, ni son visage, ni son habillement, ni son entrée, ni la manière dont elle est sortie. Deux années cependant ne passent point sur une même *coterie*[1] : il y a toujours, dès la première année, des semences de division pour rompre dans celle qui doit suivre[2] ; l'intérêt de la beauté, les incidents du jeu, l'extravagance des repas, qui, modestes au commencement, dégénèrent bientôt en pyramides de viandes[3] et en banquets somptueux, dérangent la république, et lui portent enfin le coup mortel : il n'est en fort peu de temps non plus parlé de cette nation que des mouches de l'année passée.

12 (I) Narcisse se lève le matin pour se coucher le soir ; il a ses heures de toilette comme une femme ; il va tous les jours fort régulièrement à la belle messe aux Feuillants ou aux Minimes ; il est homme d'un bon commerce, et l'on compte sur lui au quartier de pour un tiers ou pour un cinquième à l'hombre ou au reversi. Là il tient le fauteuil quatre heures de suite chez Aricie, où il risque chaque soir cinq pistoles d'or. Il lit exactement la *Gazette de Hollande* et le *Mercure galant* ; il a lu Bergerac, des Marets, Lesclache, les *Historiettes* de Barbin, et quelques recueils de poésies. Il se promène avec des femmes à la Plaine ou au Cours, et il est d'une ponctualité religieuse sur les visites. Il fera

1. ***Coterie :*** petit groupe choisi, clan.
2. **Rompre dans celle qui doit suivre :** la division engendre la rupture et la naissance d'une nouvelle coterie.
3. **Viandes :** plats.

demain ce qu'il fait aujourd'hui et ce qu'il fit hier ; et il meurt ainsi après avoir vécu.

14 (v) *Théramène* était riche et avait du mérite ; il a hérité, il est donc très riche et d'un très grand mérite. Voilà toutes les femmes en campagne pour l'avoir pour galant, et toutes les filles pour épouseur. Il va de maisons en maisons faire espérer aux mères qu'il épousera. Est-il assis, elles se retirent, pour laisser à leurs filles toute la liberté d'être aimables, et à Théramène de faire ses déclarations. Il tient ici contre le mortier ; là il efface le cavalier ou le gentilhomme. Un jeune homme fleuri, vif, enjoué, spirituel n'est pas souhaité plus ardemment ni mieux reçu ; on se l'arrache des mains, on a à peine le loisir de sourire à qui se trouve avec lui dans une même visite. Combien de galants va-t-il mettre en déroute ! quels bons partis ne fera-t-il point manquer ? Pourra-t-il suffire à tant d'héritières qui le recherchent ? Ce n'est pas seulement la terreur des maris, c'est l'épouvantail de tous ceux qui ont envie de l'être, et qui attendent d'un mariage à remplir le vide de leur consignation. On devrait proscrire de tels personnages si heureux, si pécunieux, d'une ville bien policée, ou condamner le sexe, sous peine de folie ou d'indignité, à ne les traiter pas mieux que s'ils n'avaient que du mérite.

21 (vii) On s'élève[1] à la ville dans une indifférence grossière des choses rurales et champêtres ; on distingue à peine la plante qui porte le chanvre d'avec celle qui produit le lin, et le blé froment d'avec les

1. **On s'élève :** on est élevé, on grandit.

seigles, et l'un ou l'autre d'avec le méteil[1] : on se contente de se nourrir et de s'habiller. Ne parlez à un grand nombre de bourgeois ni de guérets[2], ni de baliveaux[3], ni de provins[4], ni de regains[5], si vous voulez être entendu : ces termes pour eux ne sont pas français. Parlez aux uns d'aunage[6], de tarif, ou de sol pour livre[7], et aux autres de voie d'appel[8], de requête civile[9], d'appointement[10], d'évocation[11]. Ils connaissent le monde, et encore par ce qu'il a de moins beau et de moins spécieux[12] ; ils ignorent la nature, ses commencements, ses progrès, ses dons et ses largesses. Leur ignorance souvent est volontaire, et fondée sur l'estime qu'ils ont pour leur profession et pour leurs talents. Il n'y a si vil praticien[13] qui, au fond de son étude sombre

---

1. **Méteil :** mélange de seigle et de froment.
2. **Guérets :** terres labourées.
3. **Baliveaux :** arbres que l'on réserve dans une coupe de bois pour qu'ils deviennent de haute futaie.
4. **Provins :** ceps de vigne que l'on a obtenus à partir d'autres qui ont été repliés et enfouis dans la terre.
5. **Regains :** repousses de l'herbe après les foins.
6. **Aunage :** façon de mesurer les étoffes à l'aune (une aune représente un peu plus d'un mètre).
7. **Sol pour livre :** impôt du vingtième prélevé sur les marchandises.
8. **Voie d'appel :** procédure pour contester les décisions d'un tribunal (faire appel).
9. **Requête civile :** procédure en vue de casser les arrêts de justice.
10. **Appointement :** mémoire écrit rédigé par les plaidants.
11. **Évocation :** désaisissement d'un dossier pour le confier à un autre tribunal.
12. **Spécieux :** trompeur parce que d'apparence brillante (latin *speciosus*).
13. **Praticien :** homme de loi.

et enfumée, et l'esprit occupé d'une plus noire chicane[1], ne se préfère au laboureur, qui jouit du ciel, qui cultive la terre, qui sème à propos, et qui fait de riches moissons ; et s'il entend quelquefois parler des premiers hommes ou des patriarches, de leur vie champêtre et de leur économie, il s'étonne qu'on ait pu vivre en de tels temps, où il n'y avait encore ni offices, ni commissions, ni présidents, ni procureurs ; il ne comprend pas qu'on ait jamais pu se passer du greffe, du parquet[2] et de la buvette[3].

☛ **Pour le questionnaire relatif à ce chapitre, voir page 144.**

1. **Chicane :** dispute, controverse juridique.
2. **Parquet :** la partie du tribunal réservée aux magistrats.
3. **Buvette :** dans toutes les cours existait un lieu où les magistrats allaient se rafraîchir.

Chapitre VIII

De la cour

1 (I) Le reproche en un sens le plus honorable que l'on puisse faire à un homme, c'est de lui dire qu'il ne sait[1] pas la cour : il n'y a sorte[2] de vertus qu'on ne rassemble en lui par ce seul mot.

2 (I) Un homme qui sait la cour est maître de son geste, de ses yeux et de son visage ; il est profond, impénétrable ; il dissimule les mauvais offices[3], sourit à ses ennemis, contraint son humeur, déguise ses passions, dément son cœur, parle, agit contre ses sentiments. Tout ce grand raffinement n'est qu'un vice, que l'on appelle fausseté, quelquefois aussi inutile au courtisan pour sa fortune, que la franchise, la sincérité et la vertu.

3 (IV) Qui peut nommer de[4] certaines couleurs changeantes[5], et qui sont diverses selon les divers jours dont on les regarde ? de même, qui peut définir la cour ?

---

1. **Il ne sait pas** : il ne connaît pas les usages, n'en possède pas les manières.
2. **Il n'y a sorte** : il n'y a aucune sorte.
3. **Il dissimule les mauvais offices** : il fait semblant de ne pas remarquer les mauvais services.
4. **De** : le « de » à valeur partitive s'employait couramment devant les adjectifs indéfinis. Nous le supprimerions aujourd'hui.
5. **Couleurs changeantes** : La Fontaine, dans « Les Obsèques de la Lionne », parlait, à propos de la cour, de « peuple caméléon » (*Fables*, VIII, 14).

4 (IV) Se dérober à[1] la cour un seul moment, c'est y renoncer : le courtisan qui l'a vue le matin la voit le soir pour la reconnaître le lendemain, ou afin que lui-même y soit connu.

5 (IV) L'on est petit à la cour, et quelque vanité que l'on ait, on s'y trouve tel ; mais le mal est commun, et les grands mêmes y sont petits.

6 (I) La province est l'endroit d'où la cour, comme dans son point de vue[2], paraît une chose admirable : si l'on s'en approche, ses agréments diminuent, comme ceux d'une perspective[3] que l'on voit de trop près.

7 (I) L'on s'accoutume difficilement à une vie qui se passe dans une antichambre, dans des cours, ou sur l'escalier.

8 (VII) La cour ne rend pas content ; elle empêche qu'on ne le soit ailleurs.

9 (I) Il faut qu'un honnête homme ait tâté de[4] la cour : il découvre en y entrant comme un nouveau monde qui lui était inconnu, où il voit régner également le vice et la politesse, et où tout lui est utile, le bon et le mauvais.

---

1. **Se dérober à :** se soustraire à, quitter.
2. **Point de vue :** « L'endroit d'où il faut voir les objets pour les bien voir » (*Dictionnaire de l'Académie*, 1694).
3. **Perspective :** Montaigne et d'autres moralistes (Pascal, La Rochefoucauld) se sont souvent montrés sensibles à cette « perspective ».
4. **Ait tâté de :** ait fait l'expérience de.

10 (VI) La cour est comme un édifice bâti de marbre : je veux dire qu'elle est composée d'hommes fort durs, mais fort polis[1].

11 (I) L'on va quelquefois à la cour pour en revenir, et se faire par là respecter du noble de sa province, ou de son diocésain[2].

12 (I) Le brodeur et le confiseur seraient superflus, et ne feraient qu'une montre[3] inutile, si l'on était modeste et sobre : les cours seraient désertes, et les rois presque seuls, si l'on était guéri de la vanité et de l'intérêt. Les hommes veulent être esclaves quelque part, et puiser là de quoi dominer ailleurs. Il semble qu'on livre en gros aux premiers de la cour l'air de hauteur, de fierté et de commandement, afin qu'ils le distribuent en détail dans les provinces : ils font précisément comme on leur fait, vrais singes[4] de la royauté.

13 (I) Il n'y a rien qui enlaidisse certains courtisans comme la présence du prince[5] : à peine les puis-je reconnaître à leurs visages ; leurs traits sont altérés, et leur contenance est avilie. Les gens fiers et superbes[6] sont les plus défaits, car ils perdent plus du leur[7] ; celui

---

1. **Polis :** jeu de mots sur la polysémie de l'adjectif, « usés, lisses » et « de bonne éducation ».
2. **Son diocésain :** l'évêque de son diocèse.
3. **Une montre :** un étalage.
4. **Singes :** dans « Les Obsèques de la Lionne », La Fontaine définissait les gens de cour comme un « peuple singe du maître ».
5. **Prince :** désigne le plus souvent le roi, c'est-à-dire le premier (*princeps* en latin) dans l'État.
6. **Superbes :** orgueilleux.
7. **Ils perdent plus du leur :** ils perdent plus de leur arrogance.

qui est honnête et modeste s'y soutient mieux : il n'a rien à réformer[1].

14 (I) L'air de cour est contagieux : il se prend à V**[2], comme l'accent normand à Rouen ou à Falaise ; on l'entrevoit en des fourriers[3], en de petits contrôleurs[4], et en des chefs de fruiterie[5] : l'on peut avec une portée d'esprit fort médiocre y faire de grands progrès. Un homme d'un génie élevé et d'un mérite solide ne fait pas assez de cas de cette espèce de talent pour faire son capital[6] de l'étudier et se le rendre propre ; il l'acquiert sans réflexion, et il ne pense point à s'en défaire.

15 (IV) N** arrive avec grand bruit ; il écarte le monde, se fait faire place ; il gratte, il heurte[7] presque ; il se nomme : on respire, et il n'entre qu'avec la foule.

16 (I) Il y a dans les cours des apparitions de gens aventuriers et hardis[8], d'un caractère libre et familier, qui se produisent[9] eux-mêmes, protestent qu'ils ont dans leur art toute l'habileté qui manque aux autres, et qui sont crus sur leur parole. Ils profitent cependant

---

1. **Réformer :** changer, amender.
2. **V** :** l'initiale est transparente pour désigner Versailles.
3. **Fourriers :** fonctionnaires chargés de choisir le logis du roi au cours de ses déplacements.
4. **Contrôleurs :** ils surveillaient les dépenses de bouche.
5. **Chefs de fruiterie :** les préposés à l'organisation du dessert du roi.
6. **Faire son capital :** faire son affaire principale.
7. **Heurte :** frappe de façon discourtoise à la porte d'un grand, alors que l'usage était de gratter avec l'ongle. Le comte de Pézenas, frère de Mme de Maintenon, qu'on a reconnu ici, manquait de distinction.
8. **Gens aventuriers et hardis :** le modèle serait un certain Caretti, charlatan italien qui se faisait passer pour guérisseur.
9. **Se produisent :** se font connaître.

de l'erreur publique, ou de l'amour qu'ont les hommes pour la nouveauté : ils percent la foule, et parviennent jusqu'à l'oreille du prince, à qui le courtisan les voit parler, pendant qu'il se trouve heureux d'en être vu. Ils ont cela de commode pour les grands qu'ils en sont soufferts sans conséquence[1], et congédiés de même : alors ils disparaissent tout à la fois riches et décrédités[2], et le monde qu'ils viennent de tromper est encore prêt d'être trompé par d'autres.

17 (IV) Vous voyez des gens qui entrent sans saluer que[3] légèrement, qui marchent des épaules[4], et qui se rengorgent comme une femme : ils vous interrogent sans vous regarder ; ils parlent d'un ton élevé, et qui marque qu'ils se sentent au-dessus de ceux qui se trouvent présents ; ils s'arrêtent, et on les entoure ; ils ont la parole, président au cercle[5], et persistent dans cette hauteur ridicule et contrefaite, jusqu'à ce qu'il survienne un grand, qui, la faisant tomber tout d'un coup par sa présence, les réduise à leur naturel, qui est moins mauvais.

18 (IV) Les cours ne sauraient se passer d'une certaine espèce de courtisans, hommes flatteurs, complaisants, insinuants, dévoués aux femmes, dont ils ménagent les plaisirs, étudient les faibles et flattent toutes les passions : ils leur soufflent à l'oreille des grossièretés,

---

1. **Sont soufferts sans conséquence :** sont acceptés sans dommage.
2. **Décrédités :** discrédités, au double sens de celui qui a perdu toute considération et à qui on ne prête pas d'argent.
3. **Sans saluer que... :** en ne saluant que...
4. **Marchent des épaules :** roulent les épaules (en signe de vanité).
5. **Cercle :** réunion mondaine.

leur parlent de leurs maris et de leurs amants dans les termes convenables, devinent leurs chagrins, leurs maladies, et fixent leurs couches[1] ; ils font les modes, raffinent sur le luxe et sur la dépense, et apprennent à ce sexe de prompts moyens de consumer[2] de grandes sommes en habits, en meubles et en équipages[3] ; ils ont eux-mêmes des habits où brillent l'invention et la richesse, et ils n'habitent d'anciens palais qu'après les avoir renouvelés et embellis ; ils mangent délicatement et avec réflexion[4] ; il n'y a sorte de volupté qu'ils n'essayent, et dont ils ne puissent rendre compte. Ils doivent à eux-mêmes leur fortune, et ils la soutiennent avec la même adresse qu'ils l'ont élevée. Dédaigneux et fiers, ils n'abordent plus leurs pareils, ils ne les saluent plus ; ils parlent où tous les autres se taisent, entrent, pénètrent en des endroits et à des heures où les grands n'osent se faire voir : ceux-ci, avec de longs services, bien des plaies sur le corps[5], de beaux emplois ou de grandes dignités, ne montrent pas un visage si assuré, ni une contenance si libre. Ces gens ont l'oreille des plus grands princes, sont de tous leurs plaisirs et de toutes leurs fêtes, ne sortent pas du Louvre ou du Château[6], où ils marchent et agissent comme chez eux et dans leur domestique[7], semblent se multiplier

1. **Fixent leurs couches :** décident des dates d'accouchement.
2. **Consumer :** consommer.
3. **Équipages :** voitures, chevaux et domestiques.
4. **Avec réflexion :** de la façon grave de celui qui réfléchit.
5. **Plaies sur le corps :** résultat de leur service à la guerre.
6. **Château :** il s'agit du château de Versailles.
7. **Leur domestique :** leur intérieur.

en mille endroits, et sont toujours les premiers visages qui frappent les nouveaux venus à une cour ; ils embrassent, ils sont embrassés ; ils rient, ils éclatent, ils sont plaisants, ils font des contes : personnes commodes, agréables, riches, qui prêtent, et qui sont sans conséquence.

19 (v) Ne croirait-on pas de *Cimon* et de *Clitandre* qu'ils sont seuls chargés des détails de tout l'État, et que seuls aussi ils en doivent répondre ? L'un a du moins les affaires de terre, et l'autre les maritimes. Qui pourrait les représenter exprimerait l'empressement, l'inquiétude, la curiosité, l'activité, saurait peindre le mouvement. On ne les a jamais vus assis, jamais fixes et arrêtés : qui même les a vus marcher ? on les voit courir, parler en courant, et vous interroger sans attendre de réponse. Ils ne viennent d'aucun endroit, ils ne vont nulle part : ils passent et ils repassent. Ne les retardez pas dans leur course précipitée, vous démonteriez leur machine[1] ; ne leur faites pas de questions, ou donnez-leur du moins le temps de respirer et de se ressouvenir qu'ils n'ont nulle affaire, qu'ils peuvent demeurer avec vous et longtemps, vous suivre même où il vous plaira de les emmener. Ils ne sont pas les *Satellites de Jupiter*[2], je veux dire ceux qui pressent et qui entourent le prince, mais ils l'annoncent et le précèdent ; ils se lancent impétueusement dans la foule des courtisans ; tout ce qui se trouve sur leur passage est en péril. Leur

1. **Leur machine :** leur mécanique.
2. ***Satellites de Jupiter*** : au sens astronomique (la planète Jupiter) et politique (le dieu des dieux ou le Roi-Soleil).

profession est d'être vus et revus, et ils ne se couchent jamais sans s'être acquittés d'un emploi si sérieux, et si utile à la république[1]. Ils sont au reste instruits à fond de toutes les nouvelles indifférentes, et ils savent à la cour tout ce que l'on peut y ignorer ; il ne leur manque aucun des talents nécessaires pour s'avancer médiocrement. Gens néanmoins éveillés et alertes[2] sur tout ce qu'ils croient leur convenir, un peu entreprenants, légers et précipités. Le dirai-je ? ils portent au vent[3], attelés tous deux au char de la Fortune, et tous deux fort éloignés de s'y voir assis.

20 (IV) Un homme de la cour qui n'a pas un assez beau nom, doit l'ensevelir sous un meilleur ; mais s'il l'a tel qu'il ose le porter, il doit alors insinuer qu'il est de tous les noms le plus illustre, comme sa maison de toutes les maisons la plus ancienne : il doit tenir[4] aux PRINCES LORRAINS, aux ROHANS, aux CHASTILLONS, aux MONTMORENCIS[5], et, s'il se peut, aux PRINCES DU SANG ; ne parler que de ducs, de cardinaux et de ministres ; faire entrer dans toutes les conversations ses aïeuls paternels et maternels, et y trouver place pour l'oriflamme[6] et pour les croisades ; avoir des salles parées d'arbres généalogiques, d'écussons chargés de seize

1. **La république :** l'État.
2. **Alertes :** en alerte, vigilants.
3. **Ils portent au vent :** porter au vent se dit à propos d'un cheval qui porte la tête haute.
4. **Il doit tenir :** il doit être apparenté.
5. **Princes lorrains [...] Rohans [...] Chastillons [...] Montmorencis :** ce sont des familles de grande noblesse souvent proches du roi.
6. **L'oriflamme :** la bannière qui s'exhibait pendant les batailles.

quartiers[1], et de tableaux de ses ancêtres et des alliés de ses ancêtres ; se piquer d'avoir un ancien château à tourelles, à créneaux et à mâchicoulis ; dire en toute rencontre : *ma race, ma branche, mon nom et mes armes* ; dire de celui-ci qu'il n'est pas homme de qualité ; de celle-là, qu'elle n'est pas demoiselle[2] ; ou si on lui dit qu'*Hyacinthe* a eu le gros lot[3], demander s'il est gentilhomme. Quelques-uns riront de ces contre-temps[4], mais il les laissera rire ; d'autres en feront des contes, et il leur permettra de conter : il dira toujours qu'il marche après[5] la maison régnante ; et à force de le dire, il sera cru.

21 (IV) C'est une grande simplicité que d'apporter à la cour la moindre roture[6], et de n'y être pas gentilhomme.

22 (VI) L'on se couche à la cour et l'on se lève sur l'intérêt[7] ; c'est ce que l'on digère le matin et le soir, le jour et la nuit ; c'est ce qui fait que l'on pense, que l'on parle, que l'on se tait, que l'on agit ; c'est dans cet esprit qu'on aborde les uns et qu'on néglige les autres, que l'on monte et que l'on descend ; c'est sur cette règle que l'on mesure ses soins, ses complaisances, son

1. **Seize quartiers** : il s'agit des quartiers de noblesse, d'une génération de sang noble. Seize quartiers représentent environ quatre cents ans.
2. **Demoiselle :** mot réservé aux filles et aux femmes de parents nobles.
3. **Le gros lot** : la pratique des loteries, déjà commencée, fut institutionnalisée à partir de 1700. En 1687, à la loterie de Marly, un épicier gagna le gros lot.
4. **Contre-temps** : maladresses, bévues.
5. **Il marche après** : il se situe juste derrière.
6. **Roture** : le fait de n'être pas noble, état du roturier.
7. **Sur l'intérêt** : en pensant à l'intérêt.

estime, son indifférence, son mépris. Quelques pas que quelques-uns fassent par vertu vers la modération et la sagesse, un premier mobile d'ambition les emmène avec les plus avares, les plus violents dans leurs désirs et les plus ambitieux : quel moyen de demeurer immobile où tout marche, où tout se remue, et de ne pas courir où les autres courent ? On croit même être responsable à soi-même[1] de son élévation et de sa fortune : celui qui ne l'a point faite à la cour est censé ne l'avoir pas dû faire, on n'en appelle pas[2]. Cependant s'en éloignera-t-on avant d'en avoir tiré le moindre fruit, ou persistera-t-on à y demeurer sans grâces et sans récompenses ? question si épineuse, si embarrassée, et d'une si pénible décision, qu'un nombre infini de courtisans vieillissent sur le oui et sur le non, et meurent dans le doute.

23 (VI) Il n'y a rien à la cour de si méprisable et de si indigne qu'un homme qui ne peut contribuer en rien à notre fortune : je m'étonne qu'il ose se montrer.

24 (IV) Celui qui voit loin derrière soi un homme de son temps et de sa condition, avec qui il est venu à la cour la première fois, s'il croit avoir une raison solide d'être prévenu[3] de son propre mérite et de s'estimer davantage que cet autre qui est demeuré en chemin, ne se souvient plus de ce qu'avant sa faveur il pensait de soi-même et de ceux qui l'avaient devancé.

1. **Responsable à soi-même :** soi-même responsable.
2. **On n'en appelle pas :** on ne conteste pas.
3. **Prévenu :** empêché d'avoir un jugement objectif par des préjugés.

25 (I) C'est beaucoup tirer[1] de notre ami, si, ayant monté[2] à une grande faveur, il est encore un homme de notre connaissance.

26 (IV) Si celui qui est en faveur ose s'en prévaloir[3] avant qu'elle lui échappe, s'il se sert d'un bon vent qui souffle pour faire son chemin, s'il a les yeux ouverts sur tout ce qui vaque[4], poste, abbaye, pour les demander et les obtenir, et qu'il soit muni de pensions, de brevets et de survivances[5], vous lui reprochez son avidité et son ambition ; vous dites que tout le tente, que tout lui est propre, aux siens, à ses créatures[6], et que par le nombre et la diversité des grâces dont il se trouve comblé, lui seul a fait plusieurs fortunes. Cependant qu'a-t-il dû faire ?[7] Si j'en juge moins par vos discours que par le parti que vous auriez pris vous-même en pareille situation, c'est ce qu'il a fait.

L'on blâme les gens qui font une grande fortune pendant qu'ils en ont les occasions, parce que l'on désespère, par la médiocrité de la sienne, d'être jamais en état de faire comme eux, et de s'attirer ce reproche. Si l'on était à portée de leur succéder, l'on commencerait à sentir qu'ils ont moins de tort, et l'on

1. **Tirer :** obtenir.
2. **Ayant monté :** ayant atteint.
3. **S'en prévaloir :** en tirer avantage.
4. **Ce qui vaque :** ce qui est vacant, disponible.
5. **De brevets et de survivances :** décrets du roi permettant d'exercer une charge ou d'occuper un poste.
6. **Créatures :** les personnes qui dépendent de quelqu'un.
7. **Qu'a-t-il dû faire ? :** qu'aurait-il dû faire ?

serait plus retenu[1], de peur de prononcer d'avance sa condamnation.

27 (IV) Il ne faut rien exagérer, ni dire des cours le mal qui n'y est point : l'on n'y attente rien de pis contre le vrai mérite que de le laisser quelquefois sans récompense ; on ne l'y méprise pas toujours, quand on a pu une fois le discerner ; on l'oublie, et c'est là où l'on sait parfaitement ne faire rien, ou faire très peu de chose, pour ceux que l'on estime beaucoup.

28 (V) Il est difficile à la cour que de toutes les pièces que l'on emploie à l'édifice de sa fortune, il n'y en ait quelqu'une qui porte à faux : l'un de mes amis qui a promis de parler[2] ne parle point ; l'autre parle mollement ; il échappe à un troisième de parler contre mes intérêts et contre ses intentions ; à celui-là manque la bonne volonté, à celui-ci l'habileté et la prudence ; tous n'ont pas assez de plaisir à me voir heureux pour contribuer de tout leur pouvoir à me rendre tel. Chacun se souvient assez de tout ce que son établissement[3] lui a coûté à faire, ainsi que des secours qui lui en ont frayé le chemin ; on serait même assez porté à justifier les services qu'on a reçus des uns par ceux qu'en de pareils besoins on rendrait aux autres, si le premier et l'unique soin qu'on a après sa fortune faite n'était pas de songer à soi.

29 (VII) Les courtisans n'emploient pas ce qu'ils ont d'esprit, d'adresse et de finesse pour trouver les

1. **Retenu** : réservé, prudent.
2. **Parler** : sous-entendu « en ma faveur ».
3. **Son établissement** : sous-entendu « de sa fortune ».

expédients d'obliger[1] ceux de leurs amis qui implorent leur secours, mais seulement pour leur trouver des raisons apparentes, de spécieux[2] prétextes, ou ce qu'ils appellent une impossibilité de le pouvoir faire ; et ils se persuadent d'être quittes par là en leur endroit de tous les devoirs de l'amitié ou de la reconnaissance.

(VI) Personne à la cour ne veut entamer[3] ; on s'offre d'appuyer, parce que, jugeant des autres par soi-même, on espère que nul n'entamera, et qu'on sera ainsi dispensé d'appuyer : c'est une manière douce et polie de refuser son crédit, ses offices et sa médiation à qui en a besoin.

30 (I) Combien de gens vous étouffent de caresses dans le particulier, vous aiment et vous estiment, qui[4] sont embarrassés de vous dans le public, et qui, au lever ou à la messe[5], évitent vos yeux et votre rencontre ! Il n'y a qu'un petit nombre de courtisans qui, par grandeur, ou par une confiance qu'ils ont d'eux-mêmes, osent honorer devant le monde le mérite qui est seul et dénué de grands établissements[6].

31 (IV) Je vois un homme entouré et suivi ; mais il est en place. J'en vois un autre que tout le monde aborde ; mais il est en faveur. Celui-ci est embrassé et

1. **Trouver les expédients d'obliger :** trouver les moyens pour rendre service à.
2. **Spécieux :** trompeurs.
3. **Entamer :** solliciter le premier une demande avant de l'appuyer.
4. **Qui :** l'antécédent est « gens ».
5. **Au lever ou à la messe :** au lever du roi et à la messe à laquelle il assiste.
6. **Établissements :** situations acquises.

caressé[1], même des grands ; mais il est riche[2]. Celui-là est regardé de tous avec curiosité, on le montre du doigt ; mais il est savant et éloquent. J'en découvre un que personne n'oublie de saluer ; mais il est méchant. Je veux un homme qui soit bon, qui ne soit rien davantage, et qui soit recherché.

32 (v) Vient-on de placer quelqu'un dans un nouveau poste, c'est un débordement de louanges en sa faveur, qui inonde les cours et la chapelle, qui gagne l'escalier, les salles, la galerie, tout l'appartement : on en a au-dessus des yeux, on n'y tient pas. Il n'y a pas deux voix différentes sur ce personnage ; l'envie, la jalousie parlent comme l'adulation ; tous se laissent entraîner au torrent qui les emporte, qui les force de dire d'un homme ce qu'ils en pensent ou ce qu'ils n'en pensent pas, comme de louer souvent celui qu'ils ne connaissent point. L'homme d'esprit, de mérite ou de valeur devient en un instant un génie du premier ordre, un héros, un demi-dieu. Il est si prodigieusement flatté dans toutes les peintures que l'on fait de lui, qu'il paraît difforme près de ses portraits ; il lui est impossible d'arriver jamais jusqu'où la bassesse et la complaisance viennent de le porter : il rougit de sa propre réputation. Commence-t-il à chanceler dans ce poste où on l'avait mis, tout le monde passe facilement à un autre avis ; en est-il entièrement déchu, les machines qui l'avaient

1. **Caressé :** flatté.

2. **Il est riche :** on peut évidemment penser à Giton (*Des biens de fortune*, 83).

guindé[1] si haut par l'applaudissement et les éloges sont encore toutes dressées pour le faire tomber dans le dernier mépris : je veux dire qu'il n'y en a point qui le dédaignent mieux, qui le blâment plus aigrement, et qui en disent plus de mal, que ceux qui s'étaient comme dévoués à la fureur d'en dire du bien[2].

33 (VII) Je crois pouvoir dire d'un poste éminent et délicat qu'on y monte plus aisément qu'on ne s'y conserve.

34 (VII) L'on voit des hommes tomber d'une haute fortune par les mêmes défauts qui les y avaient fait monter.

35 (VIII) Il y a dans les cours deux manières de ce que l'on appelle congédier son monde ou se défaire des gens : se fâcher contre eux, ou faire si bien qu'ils se fâchent contre vous et s'en dégoûtent.

36 (IV) L'on dit à la cour du bien de quelqu'un pour deux raisons : la première, afin qu'il apprenne que nous disons du bien de lui ; la seconde, afin qu'il en dise de nous.

37 (I) Il est aussi dangereux à la cour de faire les avances, qu'il est embarrassant de ne les point faire.

38 (I) Il y a des gens à qui ne connaître point le nom et le visage d'un homme est un titre pour en rire et le mépriser. Ils demandent qui est cet homme ; ce n'est

---

1. **Guindé :** métaphore empruntée au théâtre ; les machines sont les poulies et les grues qui hissent (guindent) les décors.
2. **Dire du bien :** les commentateurs ont avancé le nom du maréchal de Luxembourg. Montaigne développe une idée semblable au chapitre 8 du livre III des *Essais*.

ni *Rousseau*[1], ni un *Fabry*[2], ni *la Couture*[3] : ils ne pourraient le méconnaître[4].

39 (I) L'on me dit tant de mal de cet homme, et j'y[5] en vois si peu, que je commence à soupçonner qu'il n'ait un mérite importun qui éteigne celui des autres.

40 (I) Vous êtes homme de bien, vous ne songez ni à plaire ni à déplaire aux favoris, uniquement attaché à votre maître et à votre devoir : vous êtes perdu.

41 (IV) On n'est point effronté par choix, mais par complexion[6] ; c'est un vice de l'être, mais naturel : celui qui n'est pas né tel est modeste, et ne passe pas aisément de cette extrémité à l'autre ; c'est une leçon assez inutile que de lui dire : « Soyez effronté, et vous réussirez » ; une mauvaise imitation ne lui profiterait pas, et le ferait échouer. Il ne faut rien de moins dans les cours qu'une vraie et naïve impudence pour réussir.

42 (IV) On cherche, on s'empresse, on brigue, on se tourmente, on demande, on est refusé, on demande et on obtient ; mais, dit-on, sans l'avoir demandé, et dans le temps que l'on n'y pensait pas, et que l'on songeait même à toute autre chose : vieux style[7], menterie innocente, et qui ne trompe personne.

---

1. ***Rousseau*** **:** un tenancier de cabaret de l'époque.
2. ***Fabry*** **:** il fut condamné à mort pour impiété en 1661 et La Bruyère ajoute une note à son sujet : *Brûlé il y a vingt ans.*
3. ***La Couture*** **:** tailleur d'habits de son état, personnage extravagant et dépravé.
4. **Le méconnaître :** ne pas le connaître.
5. **Y :** le pronom neutre *y*, comme *en*, pouvait renvoyer à une personne.
6. **Par complexion :** par tempérament.
7. **Vieux style :** style qui a beaucoup servi, éculé.

43 (v) On fait sa brigue[1] pour parvenir à un grand poste, on prépare toutes ses machines, toutes les mesures sont bien prises, et l'on doit être servi selon ses souhaits ; les uns doivent entamer, les autres appuyer ; l'amorce est déjà conduite, et la mine[2] prête à jouer : alors on s'éloigne de la cour. Qui oserait soupçonner d'*Artémon* qu'il ait pensé à se mettre dans une si belle place, lorsqu'on le tire de sa terre ou de son gouvernement pour l'y faire asseoir ? Artifice grossier, finesses usées, et dont le courtisan s'est servi tant de fois, que, si je voulais donner le change à tout le public et lui dérober mon ambition, je me trouverais sous l'œil et sous la main du prince, pour recevoir de lui la grâce que j'aurais recherchée avec le plus d'emportement.

44 (v) Les hommes ne veulent pas que l'on découvre les vues qu'ils ont sur leur fortune, ni que l'on pénètre qu'ils pensent à une telle dignité, parce que, s'ils ne l'obtiennent point, il y a de la honte, se persuadent-ils, à être refusés ; et s'ils y parviennent, il y a plus de gloire pour eux d'en être crus dignes par celui qui la leur accorde, que de s'en juger dignes eux-mêmes par leurs brigues et par leurs cabales : ils se trouvent parés tout à la fois de leur dignité et de leur modestie.

Quelle plus grande honte y a-t-il d'être refusé d'un poste que l'on mérite, ou d'y être placé sans le mériter ?

---

1. **On fait sa brigue :** on brigue, on intrigue.
2. **L'amorce [...] la mine :** l'amorce permettait d'allumer des pétards ou des mines.

Quelques grandes difficultés qu'il y ait à se placer à la cour, il est encore plus âpre et plus difficile de se rendre digne d'être placé.

Il coûte moins à faire dire de soi : « Pourquoi a-t-il obtenu ce poste ? » qu'à faire demander : « Pourquoi ne l'a-t-il pas obtenu ? »

L'on se présente encore pour les charges de ville[1], l'on postule une place dans l'Académie française, l'on demandait le consulat : quelle moindre raison y aurait-il de travailler les premières années de sa vie à se rendre capable d'un grand emploi, et de demander ensuite, sans nul mystère et sans nulle intrigue, mais ouvertement et avec confiance, d'y servir sa patrie, son prince, la république ?

45 (IV) Je ne vois aucun courtisan à qui le prince vienne d'accorder un bon gouvernement, une place éminente ou une forte pension, qui n'assure par vanité, ou pour marquer son désintéressement, qu'il est bien moins content du don que de la manière dont il lui a été fait. Ce qu'il y a en cela de sûr et d'indubitable, c'est qu'il le dit ainsi.

C'est rusticité que de donner de mauvaise grâce : le plus fort et le plus pénible est de donner ; que coûte-t-il d'y ajouter un sourire ?

Il faut avouer néanmoins qu'il s'est trouvé des hommes qui refusaient plus honnêtement[2] que d'autres ne savaient donner ; qu'on a dit de quelques-uns qu'ils se faisaient si longtemps prier, qu'ils donnaient

1. **Les charges de ville :** les responsabilités municipales.

2. **Honnêtement :** naturellement.

si sèchement, et chargeaient une grâce qu'on leur arrachait de conditions si désagréables, qu'une plus grande grâce était d'obtenir d'eux d'être dispensé de rien recevoir.

46 (IV) L'on remarque dans les cours des hommes avides qui se revêtent de toutes les conditions pour en avoir les avantages : gouvernement[1], charge, bénéfice[2], tout leur convient ; ils se sont si bien ajustés[3], que par leur état ils deviennent capables de toutes les grâces ; ils sont *amphibies*, ils vivent de l'Église et de l'épée, et auront le secret d'y joindre la robe[4]. Si vous demandez : « Que font ces gens à la cour ? », ils reçoivent, et envient tous ceux à qui l'on donne.

47 (VIII) Mille gens à la cour y traînent leur vie à embrasser, serrer et congratuler ceux qui reçoivent, jusqu'à ce qu'ils y meurent sans rien avoir.

48 (VI) *Ménophile* emprunte ses mœurs d'une profession, et d'une autre son habit ; il masque[5] toute l'année, quoique à visage découvert ; il paraît à la cour, à la ville, ailleurs, toujours sous un certain nom et sous le même déguisement. On le reconnaît et on sait quel il est à son visage.

49 (VI) Il y a pour arriver aux dignités ce qu'on appelle ou la grande voie ou le chemin battu ; il y a le chemin détourné ou de traverse, qui est le plus court.

1. **Gouvernement :** celui d'une province.
2. **Bénéfice :** charge ecclésiastique (abbaye, prieuré...).
3. **Ajustés :** entraînés.
4. **La robe :** l'habit qui caractérise les magistrats.
5. **Il masque :** il masque sa situation.

50 (v) L'on court[1] les malheureux pour les envisager[2] ; l'on se range en haie, ou l'on se place aux fenêtres, pour observer les traits et la contenance d'un homme qui est condamné, et qui sait qu'il va mourir : vaine, maligne, inhumaine curiosité ; si les hommes étaient sages, la place publique[3] serait abandonnée, et il serait établi qu'il y aurait de l'ignominie seulement à voir de tels spectacles. Si vous êtes si touchés de curiosité, exercez-la du moins en un sujet noble : voyez un heureux, contemplez-le dans le jour même où il a été nommé à un nouveau poste, et qu'il en reçoit les compliments ; lisez dans ses yeux, et au travers d'un calme étudié et d'une feinte modestie, combien il est content et pénétré de soi-même ; voyez quelle sérénité cet accomplissement de ses désirs répand dans son cœur et sur son visage, comme il ne songe plus qu'à vivre et à avoir de la santé, comme ensuite sa joie lui échappe et ne peut plus se dissimuler, comme il plie sous le poids de son bonheur, quel air froid et sérieux il conserve pour ceux qui ne sont plus ses égaux : il ne leur répond pas, il ne les voit pas ; les embrassements et les caresses des grands, qu'il ne voit plus de si loin, achèvent de lui nuire ; il se déconcerte, il s'étourdit : c'est une courte aliénation. Vous voulez être heureux, vous désirez des grâces ; que de choses pour vous à éviter !

1. **On court :** on recherche.
2. **Envisager :** dévisager.
3. **La place publique :** le lieu où se déroulent les exécutions capitales, en l'occurrence la place de Grève, près de la Seine.

51 (VI) Un homme qui vient d'être placé ne se sert plus de sa raison et de son esprit pour régler sa conduite et ses dehors à l'égard des autres ; il emprunte sa règle de son poste et de son état[1] : de là l'oubli, la fierté, l'arrogance, la dureté, l'ingratitude.

52 (VIII) *Théonas*, abbé depuis trente ans, se lassait de l'être. On a moins d'ardeur et d'impatience de se voir habillé de pourpre[2], qu'il en avait de porter une croix d'or[3] sur sa poitrine, et parce que les grandes fêtes se passaient toujours sans rien changer à sa fortune, il murmurait contre le temps présent, trouvait l'État mal gouverné, et n'en prédisait rien que de sinistre. Convenant en son cœur que le mérite est dangereux dans les cours à qui veut s'avancer[4], il avait enfin pris son parti, et renoncé à la prélature[5], lorsque quelqu'un accourt lui dire qu'il est nommé à un évêché. Rempli de joie et de confiance sur une nouvelle si peu attendue : « Vous verrez, dit-il, que je n'en demeurerai pas là, et qu'ils me feront archevêque. »

53 (I) Il faut des fripons à la cour, auprès des grands et des ministres, même les mieux intentionnés ; mais l'usage en est délicat, et il faut savoir les mettre en œuvre. Il y a des temps et des occasions où ils ne peuvent être suppléés par d'autres. Honneur, vertu,

1. **Son état :** sa situation.
2. **Pourpre :** couleur rouge foncé de l'habit que portent les cardinaux, hauts dignitaires ecclésiastiques.
3. **Croix d'or :** insigne porté par l'évêque, hiérarchiquement inférieur au cardinal.
4. **S'avancer :** gravir les échelons.
5. **La prélature :** l'ensemble des hauts « prélats » (évêques, cardinaux...).

conscience, qualités toujours respectables, souvent inutiles : que voulez-vous quelquefois que l'on fasse d'un homme de bien ?

54 (IV) Un vieil auteur[1], et dont j'ose rapporter ici les propres termes, de peur d'en affaiblir le sens par ma traduction, dit que *s'élongner des petits, voire de ses pareils, et iceulx*[2] *vilainer*[3] *et dépriser ; s'accointer*[4] *de grands et puissans en tous biens et chevances*[5], *et en cette leur cointise*[6] *et privauté estre de tous ébats, gabs*[7], *mommeries*[8], *et vilaines besoignes ; estre eshonté, saffranier*[9] *et sans point de vergogne ; endurer brocards*[10] *et gausseries de tous chacuns, sans pour ce feindre de cheminer en avant, et à tout*[11] *son entregent, engendre heur et fortune.*

55 (IV) Jeunesse du prince, source des belles fortunes.

56 (IV) *Timante*, toujours le même, et sans rien perdre de ce mérite qui lui a attiré la première fois de la réputation et des récompenses, ne laissait pas de dégénérer[12] dans l'esprit des courtisans : ils étaient las de l'estimer ;

1. **Un vieil auteur** : il s'agit sans doute de La Bruyère lui-même qui se cache malicieusement en pastichant Montaigne.
2. ***Iceulx*** **:** ces derniers.
3. ***Vilainer*** **:** humilier.
4. ***S'accointer*** **:** se rendre familier.
5. ***Chevances*** **:** richesses.
6. ***Cointise*** **:** familiarité.
7. ***Gabs*** **:** plaisanteries.
8. ***Mommeries*** **:** mystifications.
9. ***Saffranier*** **:** banqueroutier.
10. ***Brocards*** **:** moqueries.
11. ***À tout*** **:** avec.
12. **Dégénérer :** baisser d'estime.

ils le saluaient froidement, ils ne lui souriaient plus, ils commençaient à ne le plus joindre, ils ne l'embrassaient plus, ils ne le tiraient plus à l'écart pour lui parler mystérieusement d'une chose indifférente, ils n'avaient plus rien à lui dire. Il lui fallait cette pension ou ce nouveau poste dont il vient d'être honoré pour faire revivre ses vertus à demi effacées de leur mémoire, et en rafraîchir l'idée : ils lui font comme dans les commencements, et encore mieux.

57 (v) Que d'amis, que de parents naissent en une nuit au nouveau ministre ! Les uns font valoir leurs anciennes liaisons, leur société d'études[1], les droits du voisinage ; les autres feuillettent leur généalogie, remontent jusqu'à un trisaïeul, rappellent le côté paternel et le maternel ; l'on veut tenir à cet homme par quelque endroit, et l'on dit plusieurs fois le jour que l'on y tient ; on l'imprimerait volontiers : *C'est mon ami, et je suis fort aise de son élévation ; j'y dois prendre part, il m'est assez proche.* Hommes vains et dévoués à la fortune, fades courtisans, parliez-vous ainsi il y a huit jours ? Est-il devenu, depuis ce temps, plus homme de bien, plus digne du choix que le prince en vient de faire ? Attendiez-vous cette circonstance pour le mieux connaître ?

58 (v) Ce qui me soutient et me rassure contre les petits dédains que j'essuie quelquefois des grands et de mes égaux, c'est que je me dis à moi-même : « Ces gens n'en veulent peut-être qu'à ma fortune[2], et ils ont

1. **Société d'études :** vie commune d'étudiant.
2. **Ma fortune :** ma situation.

raison : elle est bien petite. Ils m'adoreraient sans doute si j'étais ministre. »

Dois-je bientôt être en place ? le sait-il ? est-ce en lui un pressentiment ? il me prévient[1], il me salue.

59 (VII) Celui qui dit : *Je dînai hier à Tibur*[2], ou : *J'y soupe ce soir*, qui le répète, qui fait entrer dix fois le nom de Plancus[3] dans les moindres conversations, qui dit : *Plancus me demandait... Je disais à Plancus...*, celui-là même apprend dans ce moment que son héros vient d'être enlevé par une mort extraordinaire. Il part de la main[4], il rassemble le peuple dans les places ou sous les portiques, accuse le mort, décrie sa conduite, dénigre son consulat, lui ôte jusqu'à la science des détails que la voix publique lui accorde, ne lui passe[5] point une mémoire heureuse, lui refuse l'éloge d'un homme sévère et laborieux, ne lui fait pas l'honneur de lui croire, parmi les ennemis de l'empire, un ennemi.

60 (VI) Un homme de mérite se donne, je crois, un joli spectacle, lorsque la même place à une assemblée, ou à un spectacle, dont il est refusé, il la voit accorder à un homme qui n'a point d'yeux pour voir, ni d'oreilles pour entendre, ni d'esprit pour connaître et pour juger, qui n'est recommandable que par de certaines livrées, que même il ne porte plus.

---

1. **Il me prévient :** il me salue le premier.
2. ***Tibur* :** aujourd'hui Tivoli, près de Rome, où l'empereur Hadrien se fit construire une superbe « villa », et où, si l'on en croit le poète latin Horace, la vie était douce.
3. **Plancus :** consul romain qui aurait vécu à Tibur.
4. **Partir de la main :** mouvement du cheval qui se met au galop.
5. **Ne lui passe :** ne lui accorde.

61 (VII) *Théodote* avec un habit austère a un visage comique, et d'un homme qui entre sur la scène ; sa voix, sa démarche, son geste, son attitude accompagnent[1] son visage. Il est fin, *cauteleux*[2], doucereux, mystérieux ; il s'approche de vous, et il vous dit à l'oreille[3] : *Voilà un beau temps ; voilà un grand dégel.* S'il n'a pas les grandes manières, il a du moins toutes les petites, et celles mêmes qui ne conviennent guère qu'à une jeune précieuse. Imaginez-vous l'application d'un enfant à élever un château de cartes ou à se saisir d'un papillon : c'est celle de Théodote pour une affaire de rien, et qui ne mérite pas qu'on s'en remue ; il la traite sérieusement, et comme quelque chose qui est capital ; il agit, il s'empresse, il la fait réussir : le voilà qui respire et qui se repose, et il a raison ; elle lui a coûté beaucoup de peine. L'on voit des gens enivrés, ensorcelés de la faveur ; ils y pensent le jour, ils y rêvent la nuit ; ils montent l'escalier d'un ministre, et ils en descendent ; ils sortent de son antichambre, et ils y rentrent ; ils n'ont rien à lui dire, et ils lui parlent ; ils lui parlent une seconde fois : les voilà contents, ils lui ont parlé. Pressez-les, tordez-les, ils dégouttent[4] l'orgueil, l'arrogance, la présomption ; vous leur adressez la parole, ils ne vous répondent point, ils ne vous connaissent point, ils ont les yeux égarés et l'esprit aliéné : c'est à leurs

1. **Accompagnent :** confirment.
2. ***Cauteleux*** : rusé, malin, qui « se prend en mauvaise part » (*Dictionnaire de l'Académie*, 1694).
3. **Dit à l'oreille :** référence à Molière, *Le Misanthrope* : « Et jusques au bonjour, il dit tout à l'oreille » (II, 5).
4. **Ils dégouttent :** ils laissent couler goutte à goutte.

parents à en prendre soin et à les renfermer, de peur que leur folie ne devienne fureur, et que le monde n'en souffre. Théodote a une plus douce manie[1] : il aime la faveur éperdument, mais sa passion a moins d'éclat ; il lui fait des vœux en secret, il la cultive, il la sert mystérieusement ; il est au guet et à la découverte sur tout ce qui paraît de nouveau avec les livrées[2] de la faveur : ont-ils une prétention, il s'offre à eux, il s'intrigue[3] pour eux, il leur sacrifie sourdement mérite, alliance, amitié, engagement, reconnaissance. Si la place d'un Cassini[4] devenait vacante, et que le suisse[5] ou le postillon[6] du favori s'avisât de la demander, il appuierait sa demande, il le jugerait digne de cette place, il le trouverait capable d'observer et de calculer, de parler de parélies[7] et de parallaxes[8]. Si vous demandiez de Théodote s'il est auteur ou plagiaire, original ou copiste, je vous donnerais ses ouvrages, et je vous dirais : « Lisez et jugez. » Mais s'il est dévot ou courtisan, qui pourrait le décider sur le portrait que j'en viens de faire ? Je prononcerais[9]

1. **Manie :** tendance très forte, folie.
2. **Livrées :** habits de domestique.
3. **Il s'intrigue :** il se démène.
4. **Cassini :** célèbre astrologue d'origine italienne qui dirigeait l'Observatoire. Il mourut en 1712.
5. **Le suisse :** le concierge.
6. **Le postillon :** le cocher.
7. **Parélies (ou parhélies) :** halos de lumière autour du Soleil.
8. **Parallaxes :** angles formés par deux lignes partant l'une du centre de l'axe d'un astre, l'autre du centre de la Terre. Notez la paronomase (rapprochement de mots aux sonorités voisines) avec le mot « parélies ».
9. **Je prononcerais :** je donnerais mon avis.

plus hardiment sur son étoile[1]. Oui, Théodote, j'ai observé le point de votre naissance[2] ; vous serez placé, et bientôt ; ne veillez plus, n'imprimez plus : le public vous demande quartier[3].

62 (VIII) N'espérez plus de candeur[4], de franchise, d'équité, de bons offices, de services, de bienveillance, de générosité, de fermeté dans un homme qui s'est depuis quelque temps livré à la cour, et qui secrètement veut sa fortune. Le reconnaissez-vous à son visage, à ses entretiens ? Il ne nomme plus chaque chose par son nom ; il n'y a plus pour lui de fripons, de fourbes, de sots et d'impertinents : celui dont il lui échapperait de dire ce qu'il en pense, est celui-là même qui, venant à le savoir, l'empêcherait de *cheminer*[5] ; pensant mal de tout le monde, il n'en dit de personne ; ne voulant du bien qu'à lui seul, il veut persuader qu'il en veut à tous, afin que tous lui en fassent, ou que nul du moins lui soit contraire. Non content de n'être pas sincère, il ne souffre pas que personne le soit ; la vérité blesse son oreille : il est froid et indifférent sur les observations que l'on fait sur la cour et sur le courtisan ; et parce qu'il les a entendues, il s'en croit complice et responsable. Tyran de la société et martyr

1. **Étoile :** il s'agit ici de l'ascendant.
2. **Le point de votre naissance :** le thème astral, l'horoscope.
3. **Le public vous demande quartier :** il crie grâce. Les commentateurs ont avancé, pour Théodote, le nom de l'abbé de Choisy, abbé galant et polygraphe (1644-1724).
4. **Candeur :** innocence, sincérité.
5. ***Cheminer* :** faire son chemin (vers la fortune).

de son ambition, il a une triste circonspection[1] dans sa conduite et dans ses discours, une raillerie innocente, mais froide et contrainte, un ris[2] forcé, des caresses[3] contrefaites, une conversation interrompue et des distractions fréquentes. Il a une profusion, le dirai-je ? des torrents de louanges pour ce qu'a fait ou ce qu'a dit un homme placé et qui est en faveur, et pour tout autre une sécheresse de pulmonique[4] ; il a des formules de compliments différents pour l'entrée et pour la sortie à l'égard de ceux qu'il visite ou dont il est visité ; et il n'y a personne de ceux qui se payent de mines et de façons de parler qui ne sorte d'avec[5] lui fort satisfait. Il vise également à se faire des patrons[6] et des créatures[7] ; il est médiateur, confident, entremetteur : il veut gouverner. Il a une ferveur de novice pour toutes les petites pratiques de cour ; il sait où il faut se placer pour être vu ; il sait vous embrasser, prendre part à votre joie, vous faire coup sur coup des questions empressées sur votre santé, sur vos affaires ; et pendant que vous lui répondez, il perd le fil de sa curiosité, vous interrompt, entame un autre sujet ; ou s'il survient quelqu'un à qui il doive un discours tout différent, il sait, en achevant de vous congratuler, lui faire un compliment de

1. **Circonspection :** prudence.
2. **Un ris :** un rire.
3. **Caresses :** démonstrations d'amitié.
4. **Pulmonique :** « Qui est malade du poumon » (*Dictionnaire de l'Académie*, 1694).
5. **Ne sorte d'avec :** ne quitte une conversation d'avec...
6. **Patrons :** les riches qui commandent aux autres.
7. **Créatures :** personnes qui dépendent d'une autre.

condoléance : il pleure d'un œil, et il rit de l'autre. Se formant[1] quelquefois sur les ministres ou sur le favori, il parle en public de choses frivoles, du vent, de la gelée ; il se tait au contraire, et fait le mystérieux sur ce qu'il sait de plus important, et plus volontiers encore sur ce qu'il ne sait point.

63 (I) Il y a un pays[2] où les joies sont visibles, mais fausses, et les chagrins cachés, mais réels. Qui croirait que l'empressement pour les spectacles, que les éclats et les applaudissements aux théâtres de Molière et d'Arlequin[3], les repas, la chasse, les ballets, les carrousels couvrissent tant d'inquiétudes, de soins et de divers intérêts, tant de craintes et d'espérances, des passions si vives et des affaires si sérieuses[4] ?

64 (IV) La vie de la cour est un jeu sérieux, mélancolique, qui applique[5] : il faut arranger ses pièces et ses batteries, avoir un dessein, le suivre, parer celui de son adversaire, hasarder[6] quelquefois, et jouer de caprice[7] ;

1. **Se formant (sur) :** prenant modèle sur.
2. **Un pays :** il s'agit de la cour, évidemment.
3. **Théâtres de Molière et d'Arlequin :** la troupe de Molière, l'Illustre-Théâtre, était installée au Palais-Royal depuis 1661 ; les Italiens, adeptes de la « commedia dell'arte » où apparaît Arlequin, formaient une troupe concurrente (la Comédie-Italienne) qui sera chassée en 1697.
4. **Si sérieuses :** dans *L'Oraison funèbre d'Anne de Gonzague de Clèves*, prononcée le 9 août 1685, Bossuet tient des propos assez voisins : « La cour veut toujours unir les plaisirs avec les affaires. »
5. **Qui applique :** qui demande de l'application.
6. **Hasarder :** prendre des risques.
7. **Jouer de caprice :** se soumettre à la chance.

et après toutes ses rêveries[1] et toutes ses mesures, on est échec, quelquefois mat ; souvent, avec des pions qu'on ménage bien, on va à dame, et l'on gagne la partie : le plus habile l'emporte, ou le plus heureux.

65 (v) Les roues, les ressorts, les mouvements sont cachés ; rien ne paraît d'une montre que son aiguille, qui insensiblement s'avance et achève son tour : image du courtisan, d'autant plus parfaite qu'après avoir fait assez de chemin, il revient souvent au même point d'où il est parti.

66 (i) « Les deux tiers de ma vie sont écoulés ; pourquoi tant m'inquiéter sur ce qui m'en reste ? La plus brillante fortune ne mérite point ni le tourment que je me donne, ni les petitesses où je me surprends, ni les humiliations, ni les hontes que j'essuie ; trente années détruiront ces colosses de puissance qu'on ne voyait bien qu'à force de lever la tête ; nous disparaîtrons, moi qui suis si peu de chose, et ceux que je contemplais si avidement, et de qui j'espérais toute ma grandeur ; le meilleur de tous les biens, s'il y a des biens, c'est le repos, la retraite et un endroit qui soit son domaine. » N** a pensé cela dans sa disgrâce, et l'a oublié dans la prospérité.

67 (i) Un noble, s'il vit chez lui dans sa province, il vit libre, mais sans appui ; s'il vit à la cour, il est protégé, mais il est esclave : cela se compense[2].

---

1. **Rêveries :** réflexions.
2. **Se compense :** même leçon chez La Fontaine dans « Le Loup et le Chien » (*Fables*, I, 5).

68 (IV) *Xantippe* au fond de sa province, sous un vieux toit et dans un mauvais lit, a rêvé pendant la nuit qu'il voyait le prince, qu'il lui parlait, et qu'il en ressentait une extrême joie ; il a été triste à son réveil ; il a conté son songe, et il a dit : « Quelles chimères ne tombent point dans l'esprit des hommes pendant qu'ils dorment ! » Xantippe a continué de vivre ; il est venu à la cour, il a vu le prince, il lui a parlé ; et il a été plus loin que son songe, il est favori.

69 (I) Qui est plus esclave qu'un courtisan assidu, si ce n'est un courtisan plus assidu ?

70 (I) L'esclave n'a qu'un maître ; l'ambitieux en a autant qu'il y a de gens utiles à sa fortune.

71 (I) Mille gens à peine connus font la foule au lever pour être vus du prince, qui n'en saurait voir mille à la fois ; et s'il ne voit aujourd'hui que ceux qu'il vit hier et qu'il verra demain, combien de malheureux !

72 (I) De tous ceux qui s'empressent auprès des grands et qui leur font la cour, un petit nombre les honore dans le cœur, un grand nombre les recherche par des vues d'ambition et d'intérêt, un plus grand nombre par une ridicule vanité, ou par une sotte impatience de se faire voir.

73 (VII) Il y a de certaines[1] familles qui, par les lois du monde ou ce qu'on appelle de la bienséance, doivent être irréconciliables. Les voilà réunies ; et où la religion a échoué quand elle a voulu l'entreprendre, l'intérêt s'en joue, et le fait sans peine.

---

1. **De certaines :** certaines ; la préposition ne s'emploie plus ici.

74 (I) L'on parle d'une région[1] où les vieillards sont galants, polis et civils ; les jeunes gens au contraire, durs, féroces[2], sans mœurs ni politesse : ils se trouvent affranchis de la passion des femmes dans un âge où l'on commence ailleurs à la sentir ; ils préfèrent des repas, des viandes[3], et des amours ridicules. Celui-là chez eux est sobre et modéré, qui ne s'enivre que de vin : l'usage trop fréquent qu'ils en ont fait le leur a rendu insipide ; ils cherchent à réveiller leur goût déjà éteint par des eaux-de-vie, et par toutes les liqueurs les plus violentes ; il ne manque à leur débauche que de boire de l'eau-forte[4]. Les femmes du pays précipitent le déclin de leur beauté par des artifices qu'elles croient servir à les rendre belles : leur coutume est de peindre leurs lèvres, leurs joues, leurs sourcils et leurs épaules, qu'elles étalent avec leur gorge, leurs bras et leurs oreilles, comme si elles craignaient de cacher l'endroit par où elles pourraient plaire, ou de ne pas se montrer assez. Ceux qui habitent cette contrée ont une physionomie qui n'est pas nette, mais confuse[5], embarrassée dans une épaisseur de cheveux étrangers, qu'ils préfèrent aux naturels et dont ils font un long tissu pour couvrir leur tête : il descend à la moitié du corps, change les traits, et empêche qu'on ne connaisse les hommes à leur visage. Ces peuples d'ailleurs ont leur

1. **Une région :** la cour.
2. **Féroces :** brutaux.
3. **Viandes :** nourritures.
4. **Eau-forte :** acide utilisé pour faire de la gravure sur cuivre.
5. **Confuse :** où l'on démêle mal le vrai du faux.

Dieu et leur roi : les grands de la nation s'assemblent tous les jours, à une certaine heure, dans un temple qu'ils nomment église ; il y a au fond de ce temple un autel consacré à leur Dieu, où un prêtre célèbre des mystères qu'ils appellent saints, sacrés et redoutables ; les grands forment un vaste cercle au pied de cet autel, et paraissent debout, le dos tourné directement au prêtre et aux saints mystères, et les faces élevées vers le roi, que l'on voit à genoux sur une tribune, et à qui ils semblent avoir tout l'esprit et tout le cœur appliqués. On ne laisse pas de[1] voir dans cet usage une espèce de subordination ; car ce peuple paraît adorer le prince, et le prince adorer Dieu. Les gens du pays le nomment***[2], il est à quelque quarante-huit degrés d'élévation du pôle, et à plus d'onze cents lieues[3] de mer des Iroquois et des Hurons[4].

75 (I) Qui considérera que le visage du prince fait toute la félicité du courtisan, qu'il s'occupe et se remplit pendant toute sa vie de le voir et d'en être vu, comprendra un peu comment voir Dieu peut faire toute la gloire et tout le bonheur des saints.

1. **On ne laisse pas de :** on ne saurait manquer de.
2. ***** :** Versailles.
3. **Onze cents lieues :** près de 6 000 kilomètres.
4. **Des Iroquois et des Hurons :** deux tribus d'Amérique du Nord dont on parlait beaucoup alors en raison de la colonisation du Canada par la France. Les Iroquois étaient hostiles aux Français, les Hurons favorables. Le Huron connaîtra une certaine fortune littéraire, apparaissant dans le *Dialogue* écrit par le baron La Hontan (1704) et, plus tard, dans le roman de Voltaire *L'Ingénu* (1767).

76 (IV) Les grands seigneurs sont pleins d'égards pour les princes : c'est leur affaire, ils ont des inférieurs. Les petits courtisans se relâchent sur ces devoirs, font les familiers, et vivent comme gens qui n'ont d'exemples à donner à personne.

77 (IV) Que manque-t-il de nos jours à la jeunesse ? Elle peut et elle sait ; ou du moins quand elle saurait autant qu'elle peut, elle ne serait pas plus décisive.

78 (IV) Faibles hommes ! Un grand dit de *Timagène*, votre ami, qu'il est un sot, et il se trompe. Je ne demande pas que vous répliquiez qu'il est homme d'esprit : osez seulement penser qu'il n'est pas un sot.

De même il prononce[1] d'*Iphicrate* qu'il manque de cœur[2] ; vous lui avez vu faire une belle action : rassurez-vous, je vous dispense de la raconter, pourvu qu'après ce que vous venez d'entendre, vous vous souveniez encore de la lui avoir vu faire.

79 (V) Qui sait parler aux rois[3], c'est peut-être où se terminent toute la prudence et toute la souplesse du courtisan. Une parole échappe, et elle tombe de l'oreille du prince bien avant dans sa mémoire, et quelquefois jusque dans son cœur : il est impossible de la ravoir ; tous les soins que l'on prend et toute l'adresse dont on use pour l'expliquer ou pour l'affaiblir servent à la graver plus profondément et à l'enfoncer davantage. Si ce n'est que contre nous-mêmes que nous ayons parlé, outre que

1. **Il prononce** : il décrète.
2. **Il manque de cœur** : il manque de courage.
3. **Sait parler aux rois** : tournure elliptique : si l'on sait parler aux rois, on touche au point où se terminent...

ce malheur n'est pas ordinaire, il y a encore un prompt remède, qui est de nous instruire par notre faute, et de souffrir la peine de notre légèreté ; mais si c'est contre quelque autre, quel abattement ! quel repentir ! Y a-t-il une règle plus utile contre un si dangereux inconvénient, que de parler des autres au souverain, de leurs personnes, de leurs ouvrages, de leurs actions, de leurs mœurs ou de leur conduite, du moins avec l'attention, les précautions et les mesures dont on parle de soi ?

80 (IV) « Diseurs de bons mots, mauvais caractère » : je le dirais, s'il[1] n'avait été dit[2]. Ceux qui nuisent à la réputation ou à la fortune des autres plutôt que de perdre un bon mot, méritent une peine infamante : cela n'a pas été dit, et je l'ose dire.

81 (I) Il y a un certain nombre de phrases toutes faites, que l'on prend comme dans un magasin et dont l'on se sert pour se féliciter les uns les autres sur les événements. Bien qu'elles se disent souvent sans affection, et qu'elles soient reçues sans reconnaissance, il n'est pas permis avec cela de les omettre, parce que du moins elles sont l'image de ce qu'il y a au monde de meilleur, qui est l'amitié, et que les hommes, ne pouvant guère compter les uns sur les autres pour la réalité, semblent être convenus entre eux de se contenter des apparences[3].

---

1. **S'il :** si cela.
2. **N'avait été dit :** par Pascal (*Pensées*, éd. Lafuma, n° 965).
3. **Apparences :** voir La Rochefoucauld : « La flatterie est une fausse monnaie, qui n'a cours que par notre vanité » (*Réflexions ou Sentences et Maximes morales*, 158).

82 (I) Avec cinq ou six termes de l'art, et rien de plus, l'on se donne pour connaisseur en musique, en tableaux, en bâtiments, et en bonne chère : l'on croit avoir plus de plaisir qu'un autre à entendre, à voir et à manger ; l'on impose[1] à ses semblables, et l'on se trompe soi-même.

83 (VI) La cour n'est jamais dénuée d'un certain nombre de gens en qui l'usage du monde, la politesse ou la fortune tiennent lieu d'esprit, et suppléent au mérite. Ils savent entrer et sortir ; ils se tirent de la conversation en ne s'y mêlant point ; ils plaisent à force de se taire, et se rendent importants par un silence longtemps soutenu, ou tout au plus par quelques monosyllabes ; ils payent de mines, d'une inflexion de voix, d'un geste et d'un sourire : ils n'ont pas, si je l'ose dire, deux pouces de profondeur ; si vous les enfoncez, vous rencontrez le tuf[2].

84 (VI) Il y a des gens à qui la faveur arrive comme un accident : ils en sont les premiers surpris et consternés. Ils se reconnaissent enfin, et se trouvent dignes de leur étoile ; et comme si la stupidité et la fortune étaient deux choses incompatibles, ou qu'il fût impossible d'être heureux et sot tout à la fois, ils se croient de l'esprit ; ils hasardent, que dis-je ? ils ont la confiance de parler en toute rencontre, et sur quelque matière qui puisse s'offrir, et sans nul discernement des personnes qui les écoutent. Ajouterai-je qu'ils épouvantent ou

1. **On impose :** on en impose, on impressionne.
2. **Le tuf :** pierre blanche et poreuse qui se rencontre au-dessous de la terre végétale.

qu'ils donnent le dernier dégoût par leur fatuité[1] et par leurs fadaises ? Il est vrai du moins qu'ils déshonorent sans ressources ceux qui ont quelque part au hasard de leur élévation.

85 (IV) Comment nommerai-je cette sorte de gens qui ne sont fins que pour les sots ? Je sais du moins que les habiles[2] les confondent avec ceux qu'ils savent tromper.

(I) C'est avoir fait un grand pas dans la finesse, que de faire penser de soi que l'on n'est que médiocrement fin[3].

(IV) La finesse n'est ni une trop bonne ni une trop mauvaise qualité : elle flotte entre le vice et la vertu. Il n'y a point de rencontre où elle ne puisse, et peut-être où elle ne doive être suppléée par la prudence.

(IV) La finesse est l'occasion prochaine de la fourberie ; de l'un à l'autre le pas est glissant ; le mensonge seul en fait la différence : si on l'ajoute à la finesse, c'est fourberie.

(IV) Avec les gens qui par finesse écoutent tout et parlent peu, parlez encore moins ; ou si vous parlez beaucoup, dites peu de chose.

86 (V) Vous dépendez, dans une affaire qui est juste et importante, du consentement de deux personnes. L'un vous dit : « J'y donne les mains[4] pourvu qu'un tel y condescende » ; et ce tel y condescend, et ne désire plus

---

1. **Fatuité :** suffisance, prétention.
2. **Les habiles :** le terme a un sens ambigu, désignant à la fois des gens intelligents savants, mais aussi des personnes rusées, calculatrices.
3. **Médiocrement fin :** à rapprocher encore de La Rochefoucauld : « C'est une grande habileté que de savoir cacher son habileté » (*Réflexions ou Sentences et Maximes morales*, 170).
4. **J'y donne les mains :** je donne mon accord.

que d'être assuré des intentions de l'autre. Cependant rien n'avance ; les mois, les années s'écoulent inutilement : « Je m'y perds, dites-vous, et je n'y comprends rien ; il ne s'agit que de faire qu'ils s'abouchent[1], et qu'ils se parlent. » Je vous dis, moi, que j'y vois clair, et que j'y comprends tout : ils se sont parlé.

87 (VII) Il me semble que qui sollicite pour les autres a la confiance d'un homme qui demande justice ; et qu'en parlant ou en agissant pour soi-même, on a l'embarras et la pudeur de celui qui demande grâce.

88 (I) Si l'on ne se précautionne[2] à la cour contre les pièges que l'on y tend sans cesse pour faire tomber dans le ridicule, l'on est étonné, avec tout son esprit, de se trouver la dupe de plus sots que soi.

89 (I) Il y a quelques rencontres[3] dans la vie où la vérité et la simplicité sont le meilleur manège du monde.

90 (VI) Êtes-vous en faveur, tout manège est bon, vous ne faites point de fautes, tous les chemins vous mènent au terme : autrement, tout est faute, rien n'est utile, il n'y a point de sentier qui ne vous égare.

91 (I) Un homme qui a vécu dans l'intrigue un certain temps ne peut plus s'en passer : toute autre vie pour lui est languissante[4].

---

1. **Qu'ils s'abouchent :** qu'ils prennent contact.
2. **Si l'on ne se précautionne :** si l'on ne prend pas de précautions.
3. **Rencontres :** circonstances.
4. **Languissante :** ennuyeuse.

92 (I) Il faut avoir de l'esprit pour être homme de cabale[1] : l'on peut cependant en avoir à un certain point, que l'on est au-dessus de l'intrigue et de la cabale, et que l'on ne saurait s'y assujettir ; l'on va alors à une grande fortune ou à une haute réputation par d'autres chemins.

93 (IV) Avec un esprit sublime, une doctrine universelle, une probité à toutes épreuves et un mérite très accompli, n'appréhendez pas, ô *Aristide*, de tomber à la cour ou de perdre la faveur des grands, pendant tout le temps qu'ils auront besoin de vous.

94 (I) Qu'un favori s'observe de fort près ; car s'il me fait moins attendre dans son antichambre qu'à l'ordinaire, s'il a le visage plus ouvert, s'il fronce moins le sourcil, s'il m'écoute plus volontiers, et s'il me reconduit un peu plus loin, je penserai qu'il commence à tomber, et je penserai vrai.

L'homme a bien peu de ressources dans soi-même, puisqu'il lui faut une disgrâce ou une mortification pour le rendre plus humain, plus traitable, moins féroce[2], plus honnête homme.

95 (V) L'on contemple dans les cours de certaines[3] gens, et l'on voit bien à leurs discours et à toute leur conduite qu'ils ne songent ni à leurs grands-pères ni à leurs petits-fils : le présent est pour eux ; ils n'en jouissent pas, ils en abusent.

---

1. **Homme de cabale :** homme d'intrigue.
2. **Féroce :** fier, orgueilleux (du latin *ferox*).
3. **De certaines :** certaines.

96 (VI) *Straton*[1] est né sous deux étoiles : malheureux, heureux dans le même degré. Sa vie est un roman : non, il lui manque le vraisemblable. Il n'a point eu d'aventures ; il a eu de beaux songes, il en a eu de mauvais : que dis-je ? on ne rêve point comme il a vécu. Personne n'a tiré d'une destinée plus qu'il a fait ; l'extrême et le médiocre lui sont connus ; il a brillé, il a souffert, il a mené une vie commune : rien ne lui est échappé. Il s'est fait valoir par des vertus qu'il assurait fort sérieusement qui étaient en lui ; il a dit de soi : *J'ai de l'esprit, j'ai du courage* ; et tous ont dit après lui : *Il a de l'esprit, il a du courage.* Il a exercé dans l'une et l'autre fortune[2] le génie du courtisan, qui a dit de lui plus de bien peut-être et plus de mal qu'il n'y en avait. Le joli, l'aimable, le rare, le merveilleux, l'héroïque ont été employés à son éloge ; et tout le contraire a servi depuis pour le ravaler : caractère équivoque, mêlé, enveloppé ; une énigme, une question presque indécise[3].

97 (V) La faveur met l'homme au-dessus de ses égaux ; et sa chute, au-dessous.

---

1. ***Straton*** : les commentateurs s'accordent à voir en Straton le duc de Lauzun qui épousa secrètement « la Grande Mademoiselle », cousine germaine de Louis XIV. Il fut nommé maréchal de France, puis fut disgracié, emprisonné cinq ans, avant d'être réintroduit à la cour. Mme de Sévigné l'évoque dans ses *Lettres* (15 décembre 1670 et 14 janvier 1689). Quant à Saint-Simon, il renvoie à notre auteur : « Il a été un personnage si extraordinaire et si unique en tout genre, que c'est avec beaucoup de raison que La Bruyère a dit de lui dans les *Caractères* qu'il n'était pas permis de rêver comme il a vécu. »
2. **Fortune** : circonstance (favorable ou pas).
3. **Indécise** : insoluble.

98 (I) Celui qui un beau jour sait renoncer fermement ou à un grand nom, ou à une grande autorité, ou à une grande fortune, se délivre en un moment de bien des peines, de bien des veilles, et quelquefois de bien des crimes.

99 (V) Dans cent ans le monde subsistera encore en son entier : ce sera le même théâtre et les mêmes décorations, ce ne seront plus les mêmes acteurs. Tout ce qui se réjouit sur une grâce reçue, ou ce qui s'attriste et se désespère sur un refus, tous auront disparu de dessus la scène. Il s'avance déjà sur le théâtre d'autres hommes qui vont jouer dans une même pièce les mêmes rôles[1] ; ils s'évanouiront à leur tour ; et ceux qui ne sont pas encore, un jour ne seront plus : de nouveaux acteurs ont pris leur place. Quel fonds[2] à faire sur un personnage de comédie !

100 (VII) Qui a vu la cour a vu du monde ce qui est le plus beau, le plus spécieux[3] et le plus orné ; qui méprise la cour, après l'avoir vue, méprise le monde.

101 (VI) La ville dégoûte de la province ; la cour détrompe de la ville, et guérit de la cour.

(I) Un esprit sain puise à la cour le goût de la solitude et de la retraite[4].

☛ **Pour le questionnaire relatif à ce chapitre, voir page 145.**

1. **Rôles :** l'idée du *theatrum mundi* (le monde est un théâtre) est un lieu commun de la pensée « baroque », sensible à l'instabilité et à l'artifice du monde.
2. **Fonds :** confiance.
3. **Spécieux :** brillant au point de tromper.
4. **Retraite :** ce dernier fragment fait écho à celui qui ouvre le chapitre.

Chapitre IX

Des grands

1 (I) La prévention[1] du peuple en faveur des grands est si aveugle, et l'entêtement pour leur geste, leur visage, leur ton de voix et leurs manières si général, que, s'ils s'avisaient d'être bons, cela irait à l'idolâtrie.

2 (VI) Si vous êtes né vicieux, ô *Théagène*[2], je vous plains ; si vous le devenez par faiblesse pour ceux qui ont intérêt que vous le soyez, qui ont juré entre eux de vous corrompre, et qui se vantent déjà de pouvoir y réussir, souffrez que je vous méprise. Mais si vous êtes sage, tempérant, modeste[3], civil[4], généreux, reconnaissant, laborieux, d'un rang d'ailleurs et d'une naissance à donner des exemples plutôt qu'à les prendre d'autrui, et à faire les règles plutôt qu'à les recevoir, convenez avec cette sorte de gens de suivre par complaisance leurs dérèglements, leurs vices et leur folie, quand ils auront, par la déférence qu'ils vous doivent, exercé toutes les

---

1. **La prévention** : le préjugé favorable.
2. ***Théagène :*** on a suggéré comme modèle le grand prieur Vendôme ou, plus vraisemblablement, le duc de Bourbon, petit-fils du Grand Condé et élève de La Bruyère.
3. **Modeste** : modéré, presque le même sens que l'adjectif précédent « tempérant ».
4. **Civil** : poli.

vertus que vous chérissez : ironie[1] forte, mais utile, très propre à mettre vos mœurs en sûreté, à renverser tous leurs projets, et à les jeter dans le parti de continuer d'être ce qu'ils sont, et de vous laisser tel que vous êtes.

3 (I) L'avantage des grands sur les autres hommes est immense par un endroit : je leur cède leur bonne chère, leurs riches ameublements, leurs chiens, leurs chevaux, leurs singes, leurs nains, leurs fous et leurs flatteurs ; mais je leur envie le bonheur d'avoir à leur service des gens qui les égalent par le cœur et par l'esprit, et qui les passent[2] quelquefois.

4 (I) Les grands se piquent d'ouvrir une allée dans une forêt, de soutenir des terres par de longues murailles, de dorer des plafonds, de faire venir dix pouces d'eau[3], de meubler une orangerie[4] ; mais de rendre un cœur content, de combler une âme de joie, de prévenir d'extrêmes besoins ou d'y remédier, leur curiosité ne s'étend point jusque-là.

5 (IV) On demande si en comparant ensemble les différentes conditions des hommes, leurs peines, leurs avantages, on n'y remarquerait pas un mélange ou une espèce de compensation de bien et de mal, qui établirait entre elles l'égalité, ou qui ferait du moins que l'un ne serait guère plus désirable que l'autre. Celui qui est

1. **Ironie :** ici, art de conduire l'interlocuteur à découvrir sa vérité. C'est le sens « socratique » du mot.
2. **Passent :** surpassent.
3. **Dix pouces d'eau :** l'eau arrivant par une canalisation de dix pouces de diamètre (près de vingt centimètres).
4. **Orangerie :** sorte de serre où l'on plaçait les plantes à l'abri (action de meubler).

puissant, riche, et à qui il ne manque rien, peut former[1] cette question ; mais il faut que ce soit un homme pauvre qui la décide.

Il ne laisse pas d'y avoir comme un charme[2] attaché à chacune des différentes conditions, et qui y demeure jusques à ce que la misère l'en ait ôté. Ainsi les grands se plaisent dans l'excès, et les petits aiment la modération ; ceux-là ont le goût de dominer et de commander, et ceux-ci sentent du plaisir et même de la vanité à les servir et à leur obéir ; les grands sont entourés, salués, respectés ; les petits entourent, saluent, se prosternent ; et tous sont contents.

6 (IV) Il coûte si peu aux grands à ne donner que des paroles[3], et leur condition les dispense si fort de tenir les belles promesses qu'ils vous ont faites, que c'est modestie à eux de ne promettre pas encore plus largement.

7 (IV) « Il est vieux et usé, dit un grand ; il s'est crevé[4] à me suivre : qu'en faire ? » Un autre, plus jeune, enlève ses espérances[5], et obtient le poste qu'on ne refuse à ce malheureux que parce qu'il l'a trop mérité.

8 (IV) « Je ne sais[6], dites-vous avec un air froid et dédaigneux, *Philanthe* a du mérite, de l'esprit, de

1. **Former :** formuler.
2. **Charme :** au sens fort inspiré du latin *carmen*, pouvoir magique, sortilège.
3. **Des paroles :** des promesses.
4. **Il s'est crevé :** il s'est fatigué (comme un cheval qu'on épuise), mais sans valeur familière.
5. **Espérances :** d'obtenir le poste.
6. **Je ne sais :** je ne comprends pas.

l'agrément, de l'exactitude sur son devoir, de la fidélité et de l'attachement pour son maître, et il en est médiocrement considéré ; il ne plaît pas, il n'est pas goûté. » – Expliquez-vous : est-ce Philanthe, ou le grand qu'il sert, que vous condamnez ?

9 (VI) Il est souvent plus utile de quitter les grands que de s'en plaindre.

10 (I) Qui peut dire pourquoi quelques-uns ont le gros lot, ou quelques autres la faveur des grands ?

11 (IV) Les grands sont si heureux, qu'ils n'essuient pas même, dans toute leur vie, l'inconvénient de regretter la perte de leurs meilleurs serviteurs, ou des personnes illustres dans leur genre, et dont ils ont tiré le plus de plaisir et le plus d'utilité. La première chose que la flatterie sait faire, après la mort de ces hommes uniques, et qui ne se réparent point[1], est de leur supposer des endroits faibles, dont elle prétend que ceux qui leur succèdent sont très exempts : elle assure que l'un, avec toute la capacité et toutes les lumières de l'autre, dont il prend la place, n'en a point les défauts ; et ce style sert aux princes à se consoler du grand et de l'excellent par le médiocre.

12 (I) Les grands dédaignent les gens d'esprit qui n'ont que de l'esprit ; les gens d'esprit méprisent les grands qui n'ont que de la grandeur. Les gens de bien plaignent les uns et les autres, qui ont ou de la grandeur ou de l'esprit, sans nulle vertu.

1. **Qui ne se réparent point :** dont la perte est irréparable.

13 (IV) Quand je vois d'une part auprès des grands, à leur table, et quelquefois dans leur familiarité[1], de ces hommes alertes, empressés, intrigants, aventuriers, esprits dangereux et nuisibles, et que je considère d'autre part quelle peine ont les personnes de mérite à en approcher, je ne suis pas toujours disposé à croire que les méchants soient soufferts par intérêt, ou que les gens de bien soient regardés comme inutiles ; je trouve plus mon compte à me confirmer dans cette pensée, que grandeur et discernement sont deux choses différentes, et l'amour pour la vertu et pour les vertueux une troisième chose.

14 (I) *Lucile*[2] aime mieux user sa vie à se faire supporter de quelques grands, que d'être réduit à vivre familièrement avec ses égaux.

La règle de voir de plus grands que soi doit avoir ses restrictions. Il faut quelquefois d'étranges talents pour la réduire en pratique.

15 (VI) Quelle est l'incurable maladie de *Théophile*[3] ? Elle lui dure depuis plus de trente années, il ne guérit point : il a voulu, il veut, et il voudra gouverner les grands ; la mort seule lui ôtera avec la vie cette soif d'empire et d'ascendant sur les esprits. Est-ce en lui zèle

1. **Familiarité** : entourage proche (la *familia* latine).

2. ***Lucile :*** ce nom se retrouvera au dernier chapitre des *Caractères* où il pourrait désigner Fontenelle (*Des esprits forts*, 22, 43 et 45). Il est la traduction du nom du fameux élève de Sénèque, Lucilius, que le philosophe veut convertir au stoïcisme (voir *Lettres à Lucilius*).

3. ***Théophile*** : les commentateurs proposent de reconnaître Gabriel de Roquette, évêque d'Autun depuis 1667, ami de Mme de Sévigné et de son cousin Bussy-Rabutin, homme ambitieux et hypocrite.

du prochain ? est-ce habitude ? est-ce une excessive opinion de soi-même ? Il n'y a point de palais où il ne s'insinue ; ce n'est pas au milieu d'une chambre qu'il s'arrête : il passe à une embrasure[1] ou au cabinet[2] ; on attend qu'il ait parlé, et longtemps et avec action[3], pour avoir audience, pour être vu. Il entre dans le secret des familles ; il est de quelque chose dans tout ce qui leur arrive de triste ou d'avantageux ; il prévient, il s'offre, il se fait de fête[4], il faut l'admettre. Ce n'est pas assez pour remplir son temps ou son ambition, que le soin de dix mille âmes dont il répond à Dieu comme de la sienne propre : il y en a d'un plus haut rang et d'une plus grande distinction dont il ne doit aucun compte, et dont il se charge plus volontiers. Il écoute, il veille sur tout ce qui peut servir de pâture à son esprit d'intrigue, de médiation et de manège. À peine un grand est-il débarqué[5], qu'il l'empoigne et s'en saisit ; on entend plus tôt dire à Théophile qu'il le gouverne, qu'on n'a pu soupçonner qu'il pensait à le gouverner.

16 (I) Une froideur ou une incivilité qui vient de ceux qui sont au-dessus de nous nous les fait haïr, mais un salut ou un sourire nous les réconcilie.

1. **Embrasure :** sous-entendu « de fenêtre ».
2. **Cabinet :** « Lieu le plus retiré dans le plus bel appartement des palais, des grandes maisons » (*Dictionnaire universel* de Furetière).
3. **Avec action :** en faisant des gestes.
4. **Il se fait de fête :** il s'invite dans une fête.
5. **Débarqué :** arrivé à la cour. À cause de ce verbe, on a pensé à Jacques II d'Angleterre, exilé en France après avoir perdu son trône en 1689.

17 (VI) Il y a des hommes superbes[1], que l'élévation de leurs rivaux humilie et apprivoise ; ils en viennent, par cette disgrâce, jusqu'à rendre le salut ; mais le temps, qui adoucit toutes choses, les remet enfin dans leur naturel.

18 (IV) Le mépris que les grands ont pour le peuple les rend indifférents sur les flatteries ou sur les louanges qu'ils en reçoivent et tempère leur vanité. De même les princes, loués sans fin et sans relâche des grands ou des courtisans, en seraient plus vains s'ils estimaient davantage ceux qui les louent.

19 (I) Les grands croient être seuls parfaits, n'admettent qu'à peine[2] dans les autres hommes la droiture d'esprit, l'habileté, la délicatesse, et s'emparent de ces riches talents comme de choses dues à leur naissance. C'est cependant en eux une erreur grossière de se nourrir de si fausses préventions[3] : ce qu'il y a jamais eu de mieux pensé, de mieux dit, de mieux écrit, et peut-être d'une conduite plus délicate, ne nous est pas toujours venu de leur fonds. Ils ont de grands domaines et une longue suite d'ancêtres : cela ne leur peut être contesté.

20 (VI) Avez-vous de l'esprit, de la grandeur, de l'habileté, du goût, du discernement ? en croirai-je la prévention et la flatterie, qui publient hardiment votre mérite ? Elles me sont suspectes, et je les récuse. Me laisserai-je éblouir par un air de capacité ou de hauteur qui vous met au-dessus de tout ce qui se fait, de ce qui se dit et

1. **Superbes :** arrogants, fiers.
2. **Qu'à peine :** qu'avec peine.
3. **Préventions :** préjugés.

de ce qui s'écrit ; qui vous rend sec sur les louanges, et empêche qu'on ne puisse arracher de vous la moindre approbation ? Je conclus de là plus naturellement que vous avez de la faveur, du crédit et de grandes richesses. Quel moyen de vous définir, *Téléphon*[1] ? on n'approche de vous que comme du feu, et dans une certaine distance, et il faudrait vous développer, vous manier, vous confronter avec vos pareils, pour porter de vous un jugement sain et raisonnable. Votre homme de confiance, qui est dans votre familiarité[2], dont vous prenez conseil, pour qui vous quittez *Socrate* et *Aristide*[3], avec qui vous riez, et qui rit plus haut que vous, *Dave* enfin, m'est très connu : serait-ce assez pour vous bien connaître ?

21 (v) Il y en a de tels, que s'ils pouvaient connaître leurs subalternes et se connaître eux-mêmes, ils auraient honte de primer[4].

22 (v) S'il y a peu d'excellents orateurs, y a-t-il bien des gens qui puissent les entendre[5] ? S'il n'y a pas assez de bons écrivains, où sont ceux qui savent lire ? De même on s'est toujours plaint du petit nombre

1. ***Téléphon*** **:** le mot signifie en grec « celui qui parle à distance ». On a cru reconnaître le comte de Feuillade marié à la fille d'un nommé Prudhomme.
2. **Familiarité :** entourage proche.
3. ***Socrate* et *Aristide* :** Socrate est le grand philosophe grec et Aristide un général athénien du ve siècle avant J.-C. Leur mérite est incomparablement supérieur à celui de l'obscur Dave, dont le nom se rencontre dans la comédie latine appliquée à des domestiques.
4. **Primer :** occuper le premier rang.
5. **Entendre :** comprendre.

de personnes capables de conseiller les rois, et de les aider dans l'administration de leurs affaires ; mais s'ils naissent enfin ces hommes habiles et intelligents, s'ils agissent selon leurs vues et leurs lumières, sont-ils aimés, sont-ils estimés autant qu'ils le méritent ? Sont-ils loués de ce qu'ils pensent et de ce qu'ils font pour la patrie ? Ils vivent, il suffit : on les censure s'ils échouent, et on les envie s'ils réussissent. Blâmons le peuple où[1] il serait ridicule de vouloir l'excuser. Son chagrin[2] et sa jalousie, regardés des grands ou des puissants comme inévitables, les ont conduits insensiblement à le compter pour rien, et à négliger ses suffrages dans toutes leurs entreprises, à s'en faire même une règle de politique.

Les petits se haïssent les uns les autres lorsqu'ils se nuisent réciproquement. Les grands sont odieux aux petits par le mal qu'ils leur font, et par tout le bien qu'ils ne leur font pas : ils leur sont responsables de leur obscurité, de leur pauvreté et de leur infortune, ou du moins ils leur paraissent tels.

23 (v) C'est déjà trop d'avoir avec le peuple une même religion et un même Dieu : quel moyen encore de s'appeler *Pierre, Jean, Jacques,* comme le marchand ou le laboureur ? Évitons d'avoir rien de commun avec la multitude ; affectons[3] au contraire toutes les distinctions qui nous en séparent. Qu'elle s'approprie les douze apôtres, leurs disciples, les premiers martyrs

1. **Où :** quand.
2. **Chagrin :** mécontentement.
3. **Affectons :** soulignons.

(telles gens, tels patrons) ; qu'elle voie avec plaisir revenir, toutes les années, ce jour particulier que chacun célèbre comme sa fête. Pour nous autres grands, ayons recours aux noms profanes ; faisons-nous baptiser sous ceux d'*Annibal*, de *César* et de *Pompée* : c'étaient de grands hommes ; sous celui de *Lucrèce* : c'était une illustre Romaine ; sous ceux de *Renaud*, de *Roger*, d'*Olivier* et de *Tancrède*[1] : c'étaient des paladins, et le roman n'a point de héros plus merveilleux ; sous ceux d'*Hector*, d'*Achille*, d'*Hercule*, tous demi-dieux ; sous ceux mêmes de *Phébus* et de *Diane*[2] ; et qui nous empêchera de nous faire nommer *Jupiter* ou *Mercure*, ou *Vénus*, ou *Adonis* ?

24 (VII) Pendant que les grands négligent de rien connaître, je ne dis pas seulement aux intérêts des princes et aux affaires publiques, mais à leurs propres affaires ; qu'ils ignorent l'économie et la science d'un père de famille, et qu'ils se louent eux-mêmes de cette ignorance ; qu'ils se laissent appauvrir et maîtriser par des intendants ; qu'ils se contentent d'être gourmets ou *coteaux*[3], d'aller chez *Thaïs* ou chez *Phryné*[4],

1. ***Renaud* [...] *Roger* [...] *Olivier* [...] *Tancrède*** : ces quatre noms désignent des héros des épopées de chevalerie écrites en Italie, le *Roland furieux* de l'Arioste, *La Jérusalem délivrée* du Tasse.
2. ***Phébus* [...] *Diane*** : on trouvait à l'époque un César de Vendôme, un Hercule de Rohan, un Achille de Harlaix, un Phébus de Foix, une Diane de Chastignier, etc.
3. ***Coteaux*** : connaisseur de bon vins qui cite les « coteaux » et notamment celui de Champagne.
4. ***Thaïs* [...] *Phryné*** : deux célèbres courtisanes (prostituées) de l'Antiquité.

de parler de la meute et de la vieille meute[1], de dire combien il y a de postes[2] de Paris à Besançon, ou à Philisbourg, des citoyens[3] s'instruisent du dedans et du dehors d'un royaume, étudient le gouvernement, deviennent fins et politiques, savent le fort et le faible de tout un État, songent à se mieux placer, se placent, s'élèvent, deviennent puissants, soulagent le prince d'une partie des soins publics. Les grands, qui les dédaignaient, les révèrent : heureux s'ils deviennent leurs gendres.

25 (v) Si je compare ensemble les deux conditions des hommes les plus opposées, je veux dire les grands avec le peuple, ce dernier me paraît content du nécessaire, et les autres sont inquiets et pauvres avec le superflu. Un homme du peuple ne saurait faire aucun mal ; un grand ne veut faire aucun bien, et est capable de grands maux. L'un ne se forme et ne s'exerce que dans les choses qui sont utiles ; l'autre y joint les pernicieuses. Là se montrent ingénument la grossièreté et la franchise ; ici se cache une sève maligne[4] et corrompue sous l'écorce de la politesse. Le peuple n'a guère d'esprit, et les grands n'ont point d'âme : celui-là a un bon fond, et n'a point de dehors ; ceux-ci n'ont que

1. **La meute et [de] la vieille meute :** désignent les premiers et les seconds chiens dans une chasse à courre.
2. **Postes :** relais de poste, où l'on changeait de chevaux dans un voyage.
3. **Citoyens :** habitants des cités, c'est-à-dire les bourgeois. La Bruyère pense peut-être à Colbert.
4. **Maligne :** qui fait le mal, empoisonnée.

des dehors et qu'une simple superficie[1]. Faut-il opter[2] ? Je ne balance[3] pas : je veux être peuple.

26 (I) Quelque profonds que soient les grands de la cour, et quelque art qu'ils aient pour paraître ce qu'ils ne sont pas et pour ne point paraître ce qu'ils sont, ils ne peuvent cacher leur malignité, leur extrême pente à rire aux dépens d'autrui, et à jeter un ridicule souvent où il n'y en peut avoir. Ces beaux talents se découvrent en eux du premier coup d'œil, admirables sans doute pour envelopper une dupe et rendre sot celui qui l'est déjà, mais encore plus propres à leur ôter tout le plaisir qu'ils pourraient tirer d'un homme d'esprit, qui saurait se tourner et se plier en mille manières agréables et réjouissantes, si le dangereux caractère du courtisan ne l'engageait pas à une fort grande retenue. Il lui oppose un caractère sérieux, dans lequel il se retranche ; et il fait si bien que les railleurs, avec des intentions si mauvaises, manquent d'occasions de se jouer de lui.

27 (I) Les aises de la vie, l'abondance, le calme d'une grande prospérité font que les princes ont de la joie de reste pour rire d'un nain, d'un singe, d'un imbécile et d'un mauvais conte : les gens moins heureux ne rient qu'à propos[4].

---

1. **Superficie :** apparence.
2. **Opter :** choisir.
3. **Je ne balance pas :** je n'hésite pas.
4. **À propos :** pour des raisons sérieuses.

28 (VIII) Un grand aime la Champagne, abhorre la Brie[1] ; il s'enivre de meilleur vin que l'homme du peuple : seule différence que la crapule[2] laisse entre les conditions les plus disproportionnées, entre le seigneur et l'estafier[3].

29 (I) Il semble d'abord qu'il entre dans les plaisirs des princes un peu de celui d'incommoder les autres. Mais non, les princes ressemblent aux hommes ; ils songent à eux-mêmes, suivent leur goût, leurs passions, leur commodité : cela est naturel.

30 (I) Il semble que la première règle des compagnies[4], des gens en place ou des puissants, est de donner à ceux qui dépendent d'eux pour le besoin de leurs affaires toutes les traverses[5] qu'ils en peuvent craindre.

31 (IV) Si un grand a quelque degré[6] de bonheur sur les autres hommes, je ne devine pas lequel, si ce n'est peut-être de se trouver souvent dans le pouvoir et dans l'occasion de faire plaisir ; et si elle naît, cette conjoncture, il semble qu'il doive s'en servir. Si c'est en faveur d'un homme de bien, il doit appréhender qu'elle ne lui échappe ; mais comme c'est en une chose juste,

---

1. **La Champagne [...] la Brie :** vins de Champagne et de Brie. On emploie aujourd'hui le masculin, notamment pour le premier de ces vins.
2. **Crapule :** ivrogne (du latin *crapula*).
3. **Estafier :** « Valet de pied, laquais en Italie » (*Dictionnaire de l'Académie*, 1694). Terme dépréciatif.
4. **Compagnies :** « Corps de magistrats » (*Dictionnaire de l'Académie*, 1694).
5. **Traverses :** complications.
6. **Degré :** supériorité.

il doit prévenir la sollicitation, et n'être vu que pour être remercié ; et si elle est facile, il ne doit pas même la lui faire valoir. S'il la lui refuse, je les plains tous deux.

32 (VI) Il y a des hommes nés inaccessibles, et ce sont précisément ceux de qui les autres ont besoin, de qui ils dépendent. Ils ne sont jamais que sur un pied ; mobiles comme le mercure, ils pirouettent, ils gesticulent, ils crient, ils s'agitent ; semblables à ces figures de carton qui servent de montre à une fête publique[1], ils jettent feu et flamme, tonnent et foudroient : on n'en approche pas, jusqu'à ce que, venant à s'éteindre, ils tombent, et par leur chute deviennent traitables[2], mais inutiles.

33 (IV) Le suisse, le valet de chambre, l'homme de livrée, s'ils n'ont plus d'esprit que ne porte leur condition, ne jugent plus d'eux-mêmes par leur première bassesse, mais par l'élévation et la fortune des gens qu'ils servent, et mettent tous ceux qui entrent par leur porte, et montent leur escalier, indifféremment au-dessous d'eux et de leurs maîtres : tant il est vrai qu'on est destiné à souffrir des grands et de ce qui leur appartient.

34 (IV) Un homme en place doit aimer son prince, sa femme, ses enfants, et après eux les gens d'esprit ; il les doit adopter, il doit s'en fournir et n'en jamais manquer. Il ne saurait payer, je ne dis pas de trop de pensions et de bienfaits, mais de trop de familiarité et de caresses, les secours et les services qu'il en tire, même sans le

1. **Fête publique :** pendant les feux d'artifice, on exposait comme attraction *(montre)* des représentations de personnages *(figures de carton)* qui s'animaient en s'enflammant.
2. **Traitables :** avec qui on peut discuter.

savoir. Quels petits bruits ne dissipent-ils pas ? quelles histoires ne réduisent-ils pas à la fable et à la fiction ? Ne savent-ils pas justifier les mauvais succès par les bonnes intentions, prouver la bonté d'un dessein et la justesse des mesures par le bonheur des événements, s'élever contre la malignité et l'envie pour accorder à de bonnes entreprises de meilleurs motifs, donner des explications favorables à des apparences qui étaient mauvaises, détourner les petits défauts, ne montrer que les vertus, et les mettre dans leur jour[1], semer en mille occasions des faits et des détails qui soient avantageux, et tourner le ris[2] et la moquerie contre ceux qui oseraient en douter ou avancer des faits contraires ? Je sais que les grands ont pour maxime de laisser parler et de continuer d'agir ; mais je sais aussi qu'il leur arrive en plusieurs rencontres que laisser dire les empêche de faire.

35 (IV) Sentir le mérite, et quand il est une fois connu, le bien traiter, deux grandes démarches à faire tout de suite, et dont la plupart des grands sont fort incapables.

36 (IV) Tu es grand, tu es puissant : ce n'est pas assez ; fais que je t'estime, afin que je sois triste d'être déchu de tes bonnes grâces, ou de n'avoir pu les acquérir.

37 (IV) Vous dites d'un grand ou d'un homme en place qu'il est prévenant, officieux[3], qu'il aime à faire plaisir ; et vous le confirmez par un long détail de ce qu'il a fait en une affaire où il a su que vous preniez intérêt.

---

1. **Mettre dans leur jour :** faire apparaître.
2. **Le ris :** le rire.
3. **Officieux :** serviable, obligeant.

Je vous entends : on va pour vous au-devant de la sollicitation, vous avez du crédit, vous êtes connu du ministre, vous êtes bien avec les puissances ; désiriez-vous que je susse autre chose ?

(VII) Quelqu'un vous dit : *Je me plains d'un tel, il est fier depuis son élévation*[1]*, il me dédaigne, il ne me connaît plus. – Je n'ai pas, pour moi,* lui répondez-vous, *sujet de m'en plaindre ; au contraire, je m'en loue fort, et il me semble même qu'il est assez civil*[2]. Je crois encore vous entendre : vous voulez qu'on sache qu'un homme en place a de l'attention pour vous, et qu'il vous démêle dans l'antichambre entre mille honnêtes gens de qui il détourne ses yeux, de peur de tomber dans l'inconvénient de leur rendre le salut ou de leur sourire.

(IV) « Se louer de quelqu'un, se louer d'un grand », phrase délicate dans son origine, et qui signifie sans doute se louer soi-même, en disant d'un grand tout le bien qu'il nous a fait, ou qu'il n'a pas songé à nous faire.

(IV) On loue les grands pour marquer qu'on les voit de près, rarement par estime ou par gratitude. On ne connaît pas souvent ceux que l'on loue ; la vanité ou la légèreté l'emportent quelquefois sur le ressentiment : on est mal content d'eux et on les loue.

38 (IV) S'il est périlleux de tremper dans une affaire suspecte, il l'est encore davantage de s'y trouver complice d'un grand : il s'en tire, et vous laisse payer doublement, pour lui et pour vous.

---

1. ***Élévation*** : ascension dans la hiérarchie.
2. ***Civil*** : aimable, courtois.

39 (v) Le prince n'a point assez de toute sa fortune pour payer une basse complaisance, si l'on en juge par tout ce que celui qu'il veut récompenser y a mis du sien ; et il n'a pas trop de toute sa puissance pour le punir, s'il mesure sa vengeance au tort qu'il en a reçu.

40 (IV) La noblesse expose sa vie pour le salut de l'État et pour la gloire du souverain ; le magistrat décharge le prince d'une partie du soin de juger les peuples : voilà de part et d'autre des fonctions bien sublimes et d'une merveilleuse utilité ; les hommes ne sont guère capables de plus grandes choses, et je ne sais d'où la robe et l'épée[1] ont puisé de quoi se mépriser réciproquement.

41 (IV) S'il est vrai qu'un grand donne plus à la fortune[2] lorsqu'il hasarde une vie destinée à couler dans les ris, le plaisir et l'abondance, qu'un particulier qui ne risque que des jours qui sont misérables, il faut avouer aussi qu'il a un tout autre dédommagement, qui est la gloire et la haute réputation. Le soldat ne sent pas qu'il soit connu[3] ; il meurt obscur et dans la foule : il vivait de même, à la vérité, mais il vivait ; et c'est l'une des sources du défaut de courage dans les conditions basses et serviles[4]. Ceux au contraire que la naissance démêle d'avec le peuple et expose aux yeux des hommes, à leur censure et à leurs éloges, sont même

1. **La robe et l'épée :** symboles des magistrats et des militaires, deux catégories élevées dans la hiérarchie sociale.
2. **Donne plus à la fortune :** prend des risques.
3. **Connu :** reconnu, admiré.
4. **Serviles :** qui concernent les domestiques (du latin *servus*, « esclave ») ; conditions subalternes, inférieures.

capables de sortir par effort de leur tempérament, s'il ne les portait pas à la vertu ; et cette disposition de cœur et d'esprit, qui passe des aïeuls par les pères dans leurs descendants, est cette bravoure si familière aux personnes nobles, et peut-être la noblesse même.

(V) Jetez-moi dans les troupes comme un simple soldat, je suis THERSITE[1] ; mettez-moi à la tête d'une armée dont j'aie à répondre à toute l'Europe, je suis ACHILLE.

42 (I) Les princes, sans autre science ni autre règle, ont un goût de comparaison : ils sont nés et élevés au milieu et comme dans le centre des meilleures choses, à quoi ils rapportent ce qu'ils lisent, ce qu'ils voient et ce qu'ils entendent. Tout ce qui s'éloigne trop de LULLI, de RACINE et de LE BRUN[2] est condamné.

43 (I) Ne parler aux jeunes princes que du soin de leur rang est un excès de précaution, lorsque toute une cour met son devoir et une partie de sa politesse à les respecter, et qu'ils sont bien moins sujets à ignorer aucun des égards dus à leur naissance, qu'à confondre les personnes, et les traiter indifféremment et sans distinction des conditions et des titres. Ils ont une fierté naturelle, qu'ils retrouvent dans les occasions ; il ne leur faut des leçons que pour la régler, que pour leur inspirer la bonté, l'honnêteté et l'esprit de discernement.

---

1. **Thersite :** personnage laid, peureux et ridicule de *L'Iliade*. Achille, cité plus loin, est, à l'opposé, le modèle du héros courageux.
2. **Lulli [...] Racine [...] Le Brun :** tous trois sont maîtres dans leur art respectif : Jean-Baptiste Lulli, compositeur et violoniste italien, grand maître des fêtes royales et de l'opéra ; Racine, poète et génie de la tragédie ; Charles Le Brun, peintre officiel du roi qui dirigea la décoration de Versailles.

44 (I) C'est une pure hypocrisie à un homme d'une certaine élévation de ne pas prendre d'abord le rang qui lui est dû, et que tout le monde lui cède : il ne lui coûte rien d'être modeste, de se mêler dans la multitude qui va s'ouvrir pour lui, de prendre dans une assemblée une dernière place, afin que tous l'y voient et s'empressent de l'en ôter. La modestie est d'une pratique plus amère aux hommes d'une condition ordinaire : s'ils se jettent dans la foule, on les écrase ; s'ils choisissent un poste incommode, il leur demeure.

45 (V) *Aristarque*[1] se transporte dans la place avec un héraut et un trompette ; celui-ci commence : toute la multitude accourt et se rassemble. « Écoutez, peuple, dit le héraut ; soyez attentifs ; silence, silence ! *Aristarque, que vous voyez présent, doit faire demain une bonne action.* » Je dirai plus simplement et sans figure : « Quelqu'un fait bien ; veut-il faire mieux ? que je ne sache pas qu'il fait bien, ou que je ne le soupçonne pas du moins de me l'avoir appris. »

46 (VI) Les meilleures actions s'altèrent et s'affaiblissent par la manière dont on les fait, et laissent même douter des intentions. Celui qui protège ou qui loue la vertu pour la vertu, qui corrige ou qui blâme le vice à cause du vice, agit simplement, naturellement, sans aucun tour[2], sans nulle singularité, sans faste, sans

1. ***Aristarque*** **:** les commentateurs proposent de voir dans ce personnage Achille de Harlay, président du parlement de Paris qui, héritant d'une somme de 25 000 francs, se rendit à Fontainebleau pour la distribuer aux pauvres. Mais sa générosité s'accompagnait d'une certaine suffisance.

2. **Sans aucun tour :** sans aucune ruse.

affectation ; il n'use point de réponses graves et sentencieuses, encore moins de traits piquants et satiriques : ce n'est jamais une scène qu'il joue pour le public, c'est un bon exemple qu'il donne, et un devoir dont il s'acquitte ; il ne fournit rien aux visites des femmes, ni au cabinet[1], ni aux nouvellistes[2] ; il ne donne point à un homme agréable la matière d'un joli conte. Le bien qu'il vient de faire est un peu moins su, à la vérité ; mais il a fait ce bien : que voudrait-il davantage ?

47 (I) Les grands ne doivent point aimer les premiers temps : ils ne leur sont point favorables ; il est triste pour eux d'y voir que nous sortions tous du frère et de la sœur. Les hommes composent ensemble une même famille : il n'y a que le plus ou le moins dans le degré de parenté.

48 (VI) *Théognis*[3] est recherché dans son ajustement[4], et il sort paré comme une femme ; il n'est pas hors de sa maison, qu'il a déjà ajusté[5] ses yeux et son visage, afin que ce soit une chose faite quand il sera dans le public, qu'il y paraisse tout concerté, que ceux qui passent le trouvent déjà gracieux et leur souriant, et

---

1. **Cabinet :** *Rendez-vous à Paris de quelques honnêtes gens pour la conversation* (note de La Bruyère). Le mot désignait des réunions d'hommes de lettres et de savants où s'échangeaient des propos érudits. Du Thou, Ménage, l'abbé Bignon, les frères Du Puy ont tenu cabinet.
2. **Nouvellistes :** un nouvelliste est celui qui colporte des nouvelles.
3. ***Théognis*** **:** allusion probable à François de Harlay, archevêque de Paris, mort en 1695.
4. **Ajustement :** toilette, habillement.
5. **Ajusté :** adapté, composé.

que nul ne lui échappe. Marche-t-il dans les salles, il se tourne à droit[1], où il y a un grand monde, et à gauche, où il n'y a personne ; il salue ceux qui y sont et ceux qui n'y sont pas. Il embrasse un homme qu'il trouve sous sa main, il lui presse la tête contre sa poitrine ; il demande ensuite qui est celui qu'il a embrassé. Quelqu'un a besoin de lui dans une affaire qui est facile ; il[2] va le trouver, lui fait sa prière : Théognis l'écoute favorablement, il est ravi de lui être bon à quelque chose, il le conjure de faire naître des occasions de lui rendre service ; et comme celui-ci insiste sur son affaire, il lui dit qu'il ne la fera point ; il le prie de se mettre en sa place, il l'en fait juge. Le client[3] sort, reconduit, caressé[4], confus, presque content d'être refusé.

49 (I) C'est avoir une très mauvaise opinion des hommes, et néanmoins les bien connaître, que de croire dans un grand poste leur imposer par des caresses étudiées, par de longs et stériles embrassements.

50 (IV) *Pamphile*[5] ne s'entretient pas avec les gens qu'il rencontre dans les salles ou dans les cours : si l'on en croit sa gravité et l'élévation de sa voix, il les reçoit, leur donne audience, les congédie ; il a des termes tout à

1. **À droit :** à droite.
2. **Il :** désigne le quémandeur.
3. **Client :** le mot a changé de sens ; il désigne ici le protégé, l'obligé.
4. **Caressé :** flatté.
5. ***Pamphile*** : tous les commentateurs ont désigné le marquis de Dangeau (1678-1720), membre de l'Académie francaise, courtisan et joueur, « charmant de ridicules, à qui la tête avait tourné d'être seigneur », écrivait Saint-Simon.

la fois civils et hautains, une honnêteté impérieuse[1] et qu'il emploie sans discernement ; il a une fausse grandeur qui l'abaisse, et qui embarrasse fort ceux qui sont ses amis, et qui ne veulent pas le mépriser.

(VI) Un Pamphile est plein de lui-même, ne se perd pas de vue, ne sort point de l'idée de sa grandeur, de ses alliances, de sa charge, de sa dignité ; il ramasse, pour ainsi dire, toutes ses pièces[2], s'en enveloppe pour se faire valoir ; il dit : *Mon ordre, mon cordon bleu*[3] ; il l'étale ou il le cache par ostentation. Un Pamphile en un mot veut être grand, il croit l'être ; il ne l'est pas, il est d'après un grand[4]. Si quelquefois il sourit à un homme du dernier ordre, à un homme d'esprit, il choisit son temps si juste, qu'il n'est jamais pris sur le fait : aussi la rougeur lui monterait-elle au visage s'il était malheureusement surpris dans la moindre familiarité avec quelqu'un qui n'est ni opulent, ni puissant, ni ami d'un ministre, ni son allié, ni son domestique[5]. Il est sévère et inexorable à qui n'a point encore fait sa fortune. Il vous aperçoit un jour dans une galerie, et il vous fuit ; et le lendemain, s'il vous trouve en un endroit moins public,

1. **Honnêteté impérieuse :** politesse méprisante.
2. **Ses pièces :** celles qui composent son blason, ses armoiries.
3. ***Ordre* [...] *cordon bleu* :** attributs attachés à l'ordre du Saint-Esprit dont Dangeau faisait partie depuis 1688.
4. **D'après un grand :** il contrefait un grand, ce que confirme Saint-Simon qui cite La Bruyère : « Ses charges, son argent en avaient fait, non pas un seigneur, mais, comme l'a si plaisamment dit La Bruyère, un homme d'après un seigneur » (*Mémoires*, tome VII).
5. **Domestique :** au sens large que possède le mot à l'époque : attaché à sa maison.

ou s'il est public, en la compagnie d'un grand, il prend courage, il vient à vous, et il vous dit : *Vous ne faisiez pas hier semblant de nous voir.* Tantôt il vous quitte brusquement pour joindre un seigneur ou un premier commis[1] ; et tantôt, s'il les trouve avec vous en conversation, il vous coupe et vous les enlève. Vous l'abordez une autre fois, et il ne s'arrête pas ; il se fait suivre, vous parle si haut que c'est une scène pour ceux qui passent. Aussi les Pamphiles sont-ils toujours comme sur un théâtre : gens nourris dans le faux, et qui ne haïssent rien tant que d'être naturels ; vrais personnages de comédie, des *Floridors*, des *Mondoris*[2].

(VII) On ne tarit point sur les Pamphiles[3] : ils sont bas et timides devant les princes et les ministres ; pleins de hauteur et de confiance avec ceux qui n'ont que de la vertu ; muets et embarrassés avec les savants ; vifs, hardis et décisifs[4] avec ceux qui ne savent rien. Ils parlent de guerre à un homme de robe, et de politique à un financier ; ils savent l'histoire avec les femmes ; ils sont poètes avec un docteur[5], et géomètres avec un poète. De maximes, ils ne s'en chargent pas ; de principes, encore moins : ils vivent à l'aventure, poussés et entraînés par

1. **Premier commis :** personnage important dans l'entourage d'un ministre.
2. ***Floridors* [...] *Mondoris* :** le comédien Floridor (1608-1671) avait dirigé la troupe de l'Hôtel de Bourgogne ; Mondori (ou Montdory, 1595-1651) exerça les mêmes fonctions pour l'autre théâtre, celui du Marais.
3. **Pamphiles :** hommes de paraître.
4. **Décisifs :** tranchants, sûrs d'eux.
5. **Un docteur :** un docteur en théologie, c'est-à-dire un prêtre.

le vent de la faveur et par l'attrait des richesses. Ils n'ont point d'opinion qui soit à eux, qui leur soit propre ; ils en empruntent à mesure qu'ils en ont besoin ; et celui à qui ils ont recours[1] n'est guère un homme sage, ou habile, ou vertueux : c'est un homme à la mode.

51 (VI) Nous avons pour les grands et pour les gens en place une jalousie stérile ou une haine impuissante, qui ne nous venge point de leur splendeur et de leur élévation, et qui ne fait qu'ajouter à notre propre misère le poids insupportable du bonheur d'autrui. Que faire contre une maladie de l'âme si invétérée et si contagieuse ? Contentons-nous de peu, et de moins encore s'il est possible ; sachons perdre dans l'occasion[2] : la recette est infaillible, et je consens à l'éprouver. J'évite par là d'apprivoiser un suisse[3] ou de fléchir un commis ; d'être repoussé à une porte par la foule innombrable de clients[4] ou de courtisans dont la maison d'un ministre se dégorge plusieurs fois le jour ; de languir dans sa salle d'audience : de lui demander en tremblant et en balbutiant une chose juste ; d'essuyer sa gravité, son ris amer et son *laconisme*[5]. Alors je ne le hais plus, je ne lui porte

1. **Ils ont recours** : pour lui voler ses opinions.
2. **Dans l'occasion** : à l'occasion.
3. **Un suisse** : un concierge.
4. **Clients** : des quémandeurs, comme celui qui sollicite Théognis (fragment 48). À Rome, les *clients* étaient des gens du peuple qui se plaçaient sous la protection de familles riches.
5. ***Laconisme*** : façon de s'exprimer avec peu de mots, ainsi qu'en avaient l'habitude les habitants de Laconie dont la capitale était Sparte. Le mot est récent pour l'époque. On a parlé de Louvois comme modèle de ce portrait.

plus d'envie ; il ne me fait aucune prière, je ne lui en fais pas ; nous sommes égaux, si ce n'est peut-être qu'il n'est pas tranquille, et que je le suis.

52 (I) Si les grands ont les occasions de nous faire du bien, ils en ont rarement la volonté ; et s'ils désirent de nous faire du mal, ils n'en trouvent pas toujours les occasions. Ainsi l'on peut être trompé dans l'espèce de culte qu'on leur rend, s'il n'est fondé que sur l'espérance ou sur la crainte ; et une longue vie se termine quelquefois sans qu'il arrive de dépendre d'eux pour le moindre intérêt, ou qu'on leur doive sa bonne ou sa mauvaise fortune. Nous devons les honorer, parce qu'ils sont grands et que nous sommes petits, et qu'il y en a d'autres plus petits que nous qui nous honorent.

53 (VI) À la cour, à la ville, mêmes passions, mêmes faiblesses, mêmes petitesses, mêmes travers d'esprit, mêmes brouilleries dans les familles et entre les proches, mêmes envies, mêmes antipathies. Partout des brus et des belles-mères, des maris et des femmes, des divorces[1], des ruptures, et de mauvais raccommodements ; partout des humeurs, des colères, des partialités, des rapports[2], et ce qu'on appelle de mauvais discours[3]. Avec de bons yeux on voit sans peine la petite ville, la rue Saint-Denis, comme transportées à V** ou à F**[4]. Ici l'on croit se haïr avec plus de fierté et de

1. **Divorces** : le mot n'a pas le sens moderne et signifie simplement « mésententes ».
2. **Rapports** : ragots, récits malveillants.
3. **Discours** : propos. Des « mauvais discours » sont des médisances.
4. **À V** ou à F**** : à Versailles ou à Fontainebleau. La rue Saint-Denis est au cœur du Paris populaire.

hauteur, et peut-être avec plus de dignité : on se nuit réciproquement avec plus d'habileté et de finesse ; les colères sont plus éloquentes, et l'on se dit des injures plus poliment et en meilleurs termes ; l'on n'y blesse point la pureté de la langue ; l'on n'y offense que les hommes ou que leur réputation : tous les dehors du vice y sont spécieux[1] ; mais le fond, encore une fois, y est le même que dans les conditions les plus ravalées[2] ; tout le bas, tout le faible et tout l'indigne s'y trouvent. Ces hommes si grands ou par leur naissance, ou par leur faveur, ou par leurs dignités, ces têtes si fortes et si habiles, ces femmes si polies et si spirituelles, tous méprisent le peuple, et ils sont peuple.

(IV) Qui dit le peuple dit plus d'une chose : c'est une vaste expression, et l'on s'étonnerait de voir ce qu'elle embrasse, et jusques où elle s'étend. Il y a le peuple qui est opposé aux grands : c'est la populace et la multitude ; il y a le peuple qui est opposé aux sages, aux habiles et aux vertueux : ce sont les grands comme les petits.

54 (VI) Les grands se gouvernent par sentiment[3], âmes oisives sur lesquelles tout fait d'abord une vive impression. Une chose arrive, ils en parlent trop ; bientôt ils en parlent peu ; ensuite ils n'en parlent plus, et ils n'en parleront plus. Action, conduite, ouvrage, événement, tout est oublié ; ne leur demandez ni correction, ni prévoyance, ni réflexion, ni reconnaissance, ni récompense.

1. **Spécieux :** qui brillent, séduisent et trompent.
2. **Ravalées :** inférieures.
3. **Sentiment :** sensibilité, sensation (sens concret).

55 (I) L'on se porte aux extrémités opposées à l'égard de certains personnages. La satire après leur mort court parmi le peuple, pendant que les voûtes des temples retentissent de leurs éloges. Ils ne méritent quelquefois ni libelles[1] ni discours funèbres ; quelquefois aussi ils sont dignes de tous les deux.

56 (I) L'on doit se taire sur les puissants : il y a presque toujours de la flatterie à en dire du bien ; il y a du péril à en dire du mal pendant qu'ils vivent, et de la lâcheté quand ils sont morts.

☛ **Pour le questionnaire relatif à ce chapitre, voir page 147.**

1. **Libelles :** petits écrits courts et polémiques, pamphlets.

Chapitre X

Du souverain ou de la république[1]

1 (I) Quand l'on parcourt, sans la prévention de son pays[2], toutes les formes de gouvernement, l'on ne sait à laquelle se tenir : il y a dans toutes le moins bon et le moins mauvais. Ce qu'il y a de plus raisonnable et de plus sûr, c'est d'estimer celle où l'on est né la meilleure de toutes, et de s'y soumettre[3].

2 (I) Il ne faut ni art ni science pour exercer la tyrannie, et la politique qui ne consiste qu'à répandre le sang est fort bornée et de nul raffinement ; elle inspire de tuer ceux dont la vie est un obstacle à notre ambition : un homme né cruel fait cela sans peine. C'est la manière la plus horrible et la plus grossière de se maintenir ou de s'agrandir.

3 (IV) C'est une politique sûre et ancienne dans les républiques que d'y laisser le peuple s'endormir dans les fêtes, dans les spectacles, dans le luxe, dans le faste,

---

1. **République** : le mot vient du latin *res publica*, la chose publique, et désigne l'État en général. Ce n'est qu'à partir de la sixième édition que ce titre a pris sa forme double ; il se limitait jusque-là à *Du souverain.*
2. **La prévention de son pays :** le chauvinisme national.
3. **S'y soumettre** : lieu commun que l'on retrouve chez Montaigne, Descartes ou Pascal, et que reprendra plus tard Montesquieu.

dans les plaisirs, dans la vanité et la mollesse ; le laisser se remplir du vide et savourer la bagatelle[1] : quelles grandes démarches ne fait-on pas au despotique par cette indulgence[2] !

4 (VII) Il n'y a point de patrie dans le despotique[3] ; d'autres choses y suppléent : l'intérêt, la gloire, le service du prince.

5 (IV) Quand on veut changer et innover dans une république, c'est moins les choses que le temps[4] que l'on considère. Il y a des conjonctures où l'on sent bien qu'on ne saurait trop attenter[5] contre le peuple ; et il y en a d'autres où il est clair qu'on ne peut trop le ménager. Vous pouvez aujourd'hui ôter à cette ville ses franchises[6], ses droits, ses privilèges ; mais demain ne songez pas même à réformer ses enseignes[7].

---

1. **La bagatelle** : les frivolités agréables.
2. **Quelles [...] indulgence** : la phrase est un peu obscure et signifie : « quel progrès ne fait-on pas vers le despotisme par la cause d'une telle indulgence ».
3. **Despotique** : type de gouvernement dans lequel le monarque règne sans partage. Dans *De l'esprit des lois* (1748), Montesquieu établira une typologie politique où le gouvernement despotique est opposé au démocratique et au monarchique.
4. **Le temps** : le moment.
5. **Attenter** : prendre des mesures.
6. **Franchises** : exemptions d'impôt (voir l'expression « ville franche »).
7. **Réformer ses enseignes** : le lieutenant de police La Reynie avait essayé, en 1669, de modifier le système des enseignes commerciales dans les rues : on ne devrait plus les accrocher perpendiculairement aux boutiques, ce qui obscurcissait les passages, mais les appliquer sur les façades. Devant la protestation des commerçants, l'ordonnance fut retirée.

6 (IV) Quand le peuple est en mouvement, on ne comprend pas par où le calme peut y rentrer ; et quand il est paisible, on ne voit pas par où le calme peut en sortir.

7 (IV) Il y a de certains maux dans la république qui y sont soufferts[1], parce qu'ils préviennent ou empêchent de plus grands maux. Il y a d'autres maux qui sont tels seulement par leur établissement[2], et qui, étant dans leur origine un abus ou un mauvais usage, sont moins pernicieux dans leurs suites et dans la pratique qu'une loi plus juste ou une coutume plus raisonnable. L'on voit une espèce de maux que l'on peut corriger par le changement ou la nouveauté, qui est un mal, et fort dangereux. Il y en a d'autres cachés et enfoncés comme des ordures dans un cloaque, je veux dire ensevelis sous la honte, sous le secret et dans l'obscurité : on ne peut les fouiller et les remuer qu'ils n'exhalent le poison et l'infamie ; les plus sages doutent quelquefois s'il est mieux de connaître ces maux que de les ignorer. L'on tolère quelquefois dans un État un assez grand mal, mais qui détourne un million de petits maux ou d'inconvénients, qui tous seraient inévitables et irrémédiables. Il se trouve des maux dont chaque particulier gémit, et qui deviennent néanmoins un bien public, quoique le public ne soit autre chose que tous les particuliers. Il y a des maux personnels qui concourent au bien et à l'avantage de chaque famille. Il y en a qui affligent, ruinent ou déshonorent les familles, mais qui

1. **Soufferts :** acceptés, supportés.
2. **Leur établissement :** la manière dont ils ont été établis.

tendent au bien et à la conservation de la machine de l'État et du gouvernement. D'autres maux renversent des États, et sur leurs ruines en élèvent de nouveaux. On en a vu enfin qui ont sapé par les fondements de grands empires, et qui les ont fait évanouir de dessus la terre, pour varier et renouveler la face de l'univers.

8 (VIII) Qu'importe à l'État qu'*Ergaste*[1] soit riche, qu'il ait des chiens qui arrêtent bien, qu'il crée les modes sur les équipages et sur les habits, qu'il abonde en superfluités ? Où il s'agit de l'intérêt et des commodités de tout le public, le particulier[2] est-il compté ? La consolation des peuples dans les choses qui lui pèsent un peu est de savoir qu'ils soulagent le prince, ou qu'ils n'enrichissent que lui : ils ne se croient point redevables à Ergaste de l'embellissement[3] de sa fortune.

9 (IV) La guerre a pour elle l'antiquité[4] ; elle a été dans tous les siècles : on l'a toujours vue remplir le monde de veuves et d'orphelins, épuiser les familles d'héritiers, et faire périr les frères à une même bataille. Jeune SOYECOUR[5] ! je regrette ta vertu[6], ta pudeur, ton esprit déjà mûr, pénétrant, élevé, sociable ; je plains cette mort

1. ***Ergaste*** : ce nom apparaît déjà au chapitre VI, remarque 28. Il est formé à partir d'un radical grec *(ergon)* qui signifie « travail ».
2. **Le particulier** : l'intérêt particulier.
3. **L'embellissement** : l'accroissement de la fortune (dans laquelle les peuples ne sont pour rien).
4. **L'antiquité** : l'ancienneté.
5. **Soyecour** : le chevalier de Soyecour (ou Soyecourt) fut tué à la bataille de Fleurus (1690). Son frère, officier également, fut aussi tué à cette bataille. Cette double perte avait affecté la cour comme l'atteste Mme de Sévigné dans une lettre du 12 juillet 1690.
6. **Ta vertu** : ton courage.

prématurée qui te joint à ton intrépide frère, et t'enlève à une cour où tu n'as fait que te montrer : malheur déplorable, mais ordinaire ! De tout temps les hommes, pour quelque morceau de terre de plus ou de moins, sont convenus entre eux de se dépouiller, se brûler, se tuer, s'égorger les uns les autres ; et pour le faire plus ingénieusement et avec plus de sûreté, ils ont inventé de belles règles qu'on appelle l'art militaire ; ils ont attaché à la pratique de ces règles la gloire ou la plus solide réputation ; et ils ont depuis renchéri de siècle en siècle sur la manière de se détruire réciproquement. De l'injustice des premiers hommes, comme de son unique source, est venue la guerre, ainsi que la nécessité où il se sont trouvés de se donner des maîtres qui fixassent leurs droits et leurs prétentions. Si, content du sien, on eût pu s'abstenir du bien de ses voisins, on avait pour toujours la paix et la liberté.

27 (VII) Nommer un roi père du peuple est moins faire son éloge que l'appeler par son nom, ou faire sa définition.

28 (VII) Il y a un commerce ou un retour[1] de devoirs du souverain à ses sujets, et de ceux-ci au souverain : quels sont les plus assujettissants et les plus pénibles, je ne le déciderai pas. Il s'agit de juger, d'un côté, entre les étroits engagements du respect, des secours, des services, de l'obéissance, de la dépendance ; et d'un autre, les obligations indispensables de bonté, de justice, de soins, de défense, de protection. Dire qu'un prince est arbitre de la vie des hommes, c'est dire seulement que

1. **Un retour :** une réciprocité.

les hommes par leurs crimes deviennent naturellement soumis aux lois et à la justice, dont le prince est le dépositaire : ajouter qu'il est maître absolu de tous les biens de ses sujets[1], sans égards, sans compte ni discussion, c'est le langage de la flatterie, c'est l'opinion d'un favori qui se dédira à l'agonie[2].

29 (VII) Quand vous voyez quelquefois un nombreux troupeau, qui, répandu sur une colline vers le déclin d'un beau jour, paît tranquillement le thym et le serpolet, ou qui broute dans une prairie une herbe menue et tendre qui a échappé à la faux du moissonneur, le berger, soigneux et attentif, est debout auprès de ses brebis ; il ne les perd pas de vue, il les suit, il les conduit, il les change de pâturage ; si elles se dispersent, il les rassemble ; si un loup avide paraît, il lâche son chien, qui le met en fuite ; il les nourrit, il les défend ; l'aurore le trouve déjà en pleine campagne, d'où il ne se retire qu'avec le soleil : quels soins ! quelle vigilance ! quelle servitude ! Quelle condition vous paraît la plus délicieuse et la plus libre, ou du berger ou des brebis ? le troupeau est-il fait pour le berger, ou le berger pour le troupeau ? Image naïve[3] des peuples et du prince qui les gouverne, s'il est bon prince[4].

---

1. **Les biens de ses sujets :** allusion à une actualité récente : en 1692, Louis XIV, à court d'argent, avait décidé de retirer à ses sujets la propriété de leurs biens.
2. **À l'agonie :** au moment de la mort, quand il comparaîtra devant Dieu.
3. **Naïve :** pure, vraie, conforme à la nature.
4. **Bon prince :** sur le même sujet, on peut consulter la fable de La Fontaine : « Le Berger et le Roi » (X, 9).

Le faste et le luxe[1] dans un souverain, c'est le berger habillé d'or et de pierreries, la houlette d'or en ses mains ; son chien a un collier d'or, il est attaché avec une laisse d'or et de soie. Que sert tant d'or à son troupeau ou contre les loups ?

30 (VII) Quelle heureuse place que celle qui fournit dans tous les instants l'occasion à un homme de faire du bien à tant de milliers d'hommes ! Quel dangereux poste que celui qui expose à tous moments un homme à nuire à un million d'hommes !

31 (VII) Si les hommes ne sont point capables sur la terre d'une joie plus naturelle, plus flatteuse et plus sensible[2], que de connaître qu'ils sont aimés, et si les rois sont hommes, peuvent-ils jamais trop acheter le cœur de leurs peuples ?

32 (I) Il y a peu de règles générales et de mesures certaines pour bien gouverner ; l'on suit le temps et les conjonctures, et cela roule sur[3] la prudence et sur les vues de ceux qui règnent : aussi le chef-d'œuvre de l'esprit, c'est le parfait gouvernement ; et ce ne serait peut-être pas une chose possible, si les peuples, par l'habitude où ils sont de la dépendance et de la soumission, ne faisaient la moitié de l'ouvrage.

35 (I) Que de dons du ciel ne faut-il pas pour bien régner ! Une naissance auguste, un air d'empire et

1. **Le luxe :** la critique du luxe des souverains est un *topos* traditionnel. Louis XIV, qui encourageait le luxe chez ses courtisans, n'était pas celui qui le recherchait le plus.
2. **Sensible :** facile à ressentir.
3. **Cela roule sur :** cela repose sur.

d'autorité, un visage qui remplisse la curiosité des peuples empressés de voir le prince, et qui conserve le respect dans le courtisan ; une parfaite égalité d'humeur ; un grand éloignement pour la raillerie piquante, ou assez de raison pour ne se la permettre point ; ne faire jamais ni menaces ni reproches ; ne point céder à la colère, et être toujours obéi ; l'esprit facile, insinuant ; le cœur ouvert, sincère, et dont on croit voir le fond, et ainsi très propre à se faire des amis, des créatures et des alliés ; être secret toutefois, profond et impénétrable dans ses motifs et dans ses projets ; du sérieux et de la gravité dans le public ; de la brièveté, jointe à beaucoup de justesse et de dignité, soit dans les réponses aux ambassadeurs des princes, soit dans les conseils ; une manière de faire des grâces qui est comme un second bienfait ; le choix des personnes que l'on gratifie ; le discernement des esprits, des talents, et des complexions pour la distribution des postes et des emplois ; le choix des généraux et des ministres ; un jugement ferme, solide, décisif dans les affaires, qui fait que l'on connaît le meilleur parti et le plus juste ; un esprit de droiture et d'équité qui fait qu'on le suit jusques à prononcer quelquefois contre soi-même en faveur du peuple, des alliés, des ennemis ; une mémoire heureuse et très présente, qui rappelle les besoins des sujets, leurs visages, leurs noms, leurs requêtes ; une vaste capacité, qui s'étende non seulement aux affaires de dehors, au commerce, aux maximes d'État, aux vues de la politique, au reculement des frontières par la conquête de nouvelles provinces, et à leur sûreté par un grand nombre de forteresses inaccessibles ; mais qui sache aussi se renfermer au dedans, et comme dans les détails de tout un royaume ; qui en bannisse un culte faux, suspect et ennemi de la souveraineté, s'il s'y rencontre ; qui abolisse des usages cruels et impies, s'ils y règnent ; qui réforme les lois et les coutumes, si elles étaient remplies d'abus ; qui donne aux villes plus de sûreté et plus de commodités par le renouvellement d'une exacte police, plus d'éclat et plus de majesté par des édifices somptueux ; punir sévèrement les vices scandaleux ; donner par son autorité et par son exemple du crédit à la piété et à la vertu ; protéger l'Église, ses ministres, ses droits, ses libertés, ménager ses peuples comme ses enfants ; être toujours occupé de la pensée de les soulager, de rendre les subsides légers, et tels qu'ils se lèvent sur les provinces sans les appauvrir ; de grands talents pour la guerre ; être vigilant, appliqué, laborieux ; avoir des armées nombreuses, les commander en personne ; être froid dans le péril, ne ménager sa vie que pour le bien de son État ; aimer le bien de son État et sa gloire plus que sa vie ; une puissance très absolue, qui ne laisse point d'occasion aux brigues, à l'intrigue et à la cabale ; qui ôte cette distance infinie qui est quelquefois entre les grands et les petits, qui les rapproche, et sous laquelle tous plient également ; une étendue de connaissance qui fait que le prince voit tout par ses yeux, qu'il agit immédiatement et par lui-même, que ses généraux ne sont, quoique éloignés de lui, que ses lieutenants, et les ministres que ses ministres ; une profonde sagesse, qui sait déclarer la guerre, qui sait vaincre et user de la victoire ; qui sait faire la paix, qui sait la rompre ; qui sait quelquefois, et selon les divers intérêts, contraindre les ennemis à la recevoir ; qui donne des règles à une vaste ambition, et sait jusques où l'on doit conquérir ; au milieu d'ennemis couverts ou déclarés, se procurer le loisir des jeux, des fêtes, des spectacles ; cultiver les arts et les sciences ; former et exécuter des projets d'édifices surprenants ; un génie enfin supérieur et puissant, qui se fait aimer et révérer des siens, craindre des étrangers ; qui fait d'une cour, et même de tout un royaume, comme une seule famille, unie parfaitement sous un même chef, dont l'union et la bonne intelligence est redoutable au reste du monde : ces admirables vertus me semblent refermées dans l'idée du souverain ; il est vrai qu'il est rare de les voir réunies dans un même sujet : il faut que trop de choses concourent à la fois, l'esprit, le cœur, les dehors, le tempérament ; et il me paraît qu'un monarque qui les rassemble toutes en sa personne est bien digne du nom de Grand.

☛ **Pour le questionnaire relatif à ce chapitre, voir page 149.**

Chapitre XI

De l'homme

1 (I) Ne nous emportons point contre les hommes en voyant leur dureté, leur ingratitude, leur fierté, l'amour d'eux-mêmes, et l'oubli des autres : ils sont ainsi faits, c'est leur nature[1], c'est de ne pouvoir supporter que la pierre tombe et que le feu s'élève.

4 (IV) Inquiétude d'esprit, inégalité d'humeur, inconstance de cœur, incertitude de conduite : tous vices de l'âme, mais différents, et qui avec tout le rapport qui paraît entre eux, ne se supposent pas toujours l'un l'autre dans un même sujet.

5 (VI) Il est difficile de décider si l'irrésolution rend l'homme plus malheureux que méprisable ; de même s'il y a toujours plus d'inconvénient à prendre un mauvais parti, qu'à n'en prendre aucun.

7 (VI) *Ménalque*[2] descend son escalier, ouvre sa porte pour sortir, il la referme ; il s'aperçoit qu'il est en bonnet

---

1. **Leur nature :** La Bruyère postule l'existence d'une « nature humaine » qui ne change pas au cours du temps. L'idée se retrouve chez Molière, dans *Le Misanthrope* et la tirade de Philinte (I, 1, vers 173-178). La thèse a été contestée depuis.

2. **Ménalque :** « *Ceci est moins un caractère particulier qu'un recueil de faits de distraction. Ils ne sauraient être en trop grand nombre s'ils sont agréables ; car les goûts étant différents, on a à choisir* » (note de La Bruyère).

de nuit ; et venant à mieux s'examiner, il se trouve rasé à moitié, il voit que son épée est mise du côté droit, que ses bas sont rabattus sur ses talons, et que sa chemise est par-dessus ses chausses[1]. S'il marche dans les places, il se sent tout d'un coup rudement frapper à l'estomac, ou au visage ; il ne soupçonne point ce que ce peut être, jusqu'à ce qu'ouvrant les yeux et se réveillant, il se trouve ou devant un limon[2] de charrette, ou derrière un long ais[3] de menuiserie que porte un ouvrier sur ses épaules. On l'a vu une fois heurter du front contre celui d'un aveugle, s'embarrasser dans ses jambes, et tomber avec lui chacun de son côté à la renverse : il lui est arrivé plusieurs fois de se trouver tête pour tête[4] à la rencontre d'un prince et sur son passage, se reconnaître à peine, et n'avoir que le loisir de se coller à un mur pour lui faire place. Il cherche, il brouille[5], il crie, il s'échauffe, il appelle ses valets l'un après l'autre, *on lui perd tout, on lui égare tout* ; il demande ses gants qu'il a dans ses mains ; semblable à cette femme qui prenait le temps de demander son masque[6], lorsqu'elle l'avait sur son visage. Il entre à l'appartement[7] et passe sous un lustre où sa perruque s'accroche et demeure suspendue, tous les courtisans regardent et rient ; Ménalque

1. **Chausses :** culottes ; sorte de pantalon serré porté par les hommes.
2. **Limon :** brancard qui permet de guider la charrette.
3. **Un ais :** une poutre.
4. **Tête pour tête :** face à face.
5. **Il brouille :** il mêle, il mélange.
6. **Masque :** il s'agit de celui que portaient certaines femmes dans leurs sorties pour se protéger des rayons du soleil.
7. **L'appartement :** celui du roi, à Versailles.

regarde aussi, et rit plus haut que les autres, il cherche des yeux dans toute l'assemblée où est celui qui montre ses oreilles, et à qui il manque une perruque. S'il va par la ville, après avoir fait quelque chemin, il se croit égaré, il s'émeut, et il demande où il est à des passants, qui lui disent précisément le nom de sa rue ; il entre ensuite dans sa maison, d'où il sort précipitamment, croyant qu'il s'est trompé. Il descend du Palais[1], et trouvant au bas du grand degré un carrosse qu'il prend pour le sien, il se met dedans ; le cocher touche[2] et croit ramener son maître dans sa maison ; Ménalque se jette hors de la portière, traverse la cour, monte l'escalier, parcourt l'antichambre, la chambre, le cabinet[3], tout lui est familier, rien ne lui est nouveau, il s'assit[4], il se repose, il est chez soi ; le maître arrive, celui-ci se lève pour le recevoir, il le traite fort civilement, le prie de s'asseoir, et croit faire les honneurs de sa chambre ; il parle, il rêve[5], il reprend la parole ; le maître de la maison s'ennuie[6], et demeure étonné ; Ménalque ne l'est pas moins, et ne dit pas ce qu'il en pense ; il a affaire à un fâcheux, à un homme oisif, qui se retirera à la fin, il l'espère, et il prend patience ; la nuit arrive qu'il est à peine détrompé. Une autre fois il rend visite à une femme, et se persuadant bientôt que c'est lui qui la reçoit, il s'établit dans son

1. **Palais :** le Palais de justice, auquel on accédait par un grand escalier ; on s'y rendait en promenade.
2. **Touche :** frappe le cheval d'un léger coup pour le faire avancer.
3. **Cabinet :** petite pièce retirée et privée.
4. **Il s'assit :** il s'assied.
5. **Il rêve :** il réfléchit.
6. **S'ennuie :** s'impatiente.

fauteuil, et ne songe nullement à l'abandonner ; il trouve ensuite que cette dame fait ses visites longues, il attend à tous moments qu'elle se lève et le laisse en liberté ; mais comme cela tire en longueur, qu'il a faim, et que la nuit est déjà avancée, il la prie à souper ; elle rit, et si haut, qu'elle le réveille. Lui-même se marie le matin, l'oublie le soir, et découche la nuit de ses noces : et quelques années après il perd sa femme, elle meurt entre ses bras, il assiste à ses obsèques, et le lendemain quand on lui vient dire qu'on a servi, il demande si sa femme est prête, et si elle est avertie. C'est lui encore qui entre dans une église, et prenant l'aveugle qui est collé à la porte pour un pilier, et sa tasse pour le bénitier, y plonge la main, la porte à son front, lorsqu'il entend tout d'un coup le pilier qui parle, et qui lui offre des oraisons[1] : il s'avance dans la nef, il croit voir un prie-Dieu, il se jette lourdement dessus : la machine plie, s'enfonce et fait des efforts pour crier ; Ménalque est surpris de se voir à genoux sur les jambes d'un fort petit homme, appuyé sur son dos, les deux bras passés sur ses épaules, et ses deux mains jointes et étendues qui lui prennent le nez et lui ferment la bouche, il se retire confus, et va s'agenouiller ailleurs : il tire un livre pour faire sa prière, et c'est sa pantoufle qu'il a prise pour ses Heures[2], et qu'il a mise dans sa poche avant que de sortir ; il n'est pas hors de l'église qu'un homme de livrée[3] court après lui, le joint, lui demande

1. **Des oraisons :** des prières.
2. **Ses Heures :** son livre d'heures, c'est-à-dire un livre de prières.
3. **Un homme de livrée :** un domestique.

en riant s'il n'a point la pantoufle de Monseigneur ; Ménalque lui montre la sienne, et lui dit : « *Voilà toutes les pantoufles que j'ai sur moi* » ; il se fouille néanmoins et tire celle de l'évêque de** qu'il vient de quitter, qu'il a trouvé malade auprès de son feu, et dont avant de prendre congé de lui, il a ramassé la pantoufle, comme l'un de ses gants qui était à terre ; ainsi Ménalque s'en retourne chez soi avec une pantoufle de moins. (VIII) Il a une fois perdu au jeu tout l'argent qui est dans sa bourse, et voulant continuer de jouer, il entre dans son cabinet, ouvre une armoire, y prend sa cassette, en tire ce qu'il lui plaît, croit la remettre où il l'a prise ; il entend aboyer dans son armoire qu'il vient de fermer, étonné de ce prodige, il l'ouvre une seconde fois, et il éclate de rire d'y voir son chien qu'il a serré[1] pour sa cassette. (VI) Il joue au trictrac[2], il demande à boire, on lui en apporte, c'est à lui à jouer, il tient le cornet[3] d'une main et un verre de l'autre, et comme il a une grande soif, il avale les dés et presque le cornet, jette le verre d'eau dans le trictrac, et inonde celui contre qui il joue. (VIII) Et dans une chambre où il est familier, il crache sur le lit et jette son chapeau à terre, en croyant faire tout le contraire. (VI) Il se promène sur l'eau, et il demande quelle heure il est ; on lui présente une montre ; à peine l'a-t-il reçue, que ne songeant plus ni à l'heure, ni à la montre, il la jette dans la rivière, comme une chose qui l'embarrasse. Lui-même écrit une longue lettre,

1. **Serré :** rangé.
2. **Trictrac :** jeu de dés, ancêtre du jacquet.
3. **Cornet :** objet dans lequel on remuait les dés pour les jeter.

met de la poudre[1] dessus à plusieurs reprises, et jette toujours la poudre dans l'encrier ; ce n'est pas tout, il écrit une seconde lettre, et après les avoir cachetées toutes deux, il se trompe à l'adresse ; un duc et pair reçoit l'une de ces deux lettres, et en l'ouvrant y lit ces mots, *Maître Olivier, ne manquez, sitôt la présente reçue, de m'envoyer ma provision de foin...* Son fermier reçoit l'autre, il l'ouvre, et se la fait lire, on y trouve, *Monseigneur, j'ai reçu avec une soumission aveugle les ordres qu'il a plu à Votre Grandeur...* Lui-même encore écrit une lettre pendant la nuit, et après l'avoir cachetée, il éteint sa bougie, il ne laisse pas d'être surpris de ne voir *goutte*, et il sait à peine comment cela est arrivé. [...]

8 L'incivilité n'est pas un vice de l'âme, elle est l'effet de plusieurs vices : de la sotte vanité, de l'ignorance de ses devoirs, de la paresse, de la stupidité, de la distraction, du mépris des autres, de la jalousie ; pour ne se répandre que sur les dehors, elle n'en est que plus haïssable, parce que c'est toujours un défaut visible et manifeste ; il est vrai cependant qu'il offense plus ou moins, selon la cause qui le produit.

13 (IV) Si la pauvreté est la mère des crimes, le défaut d'esprit[2] en est le père.

15 (I) Il y a des vices que nous ne devons à personne, que nous apportons en naissant, et que nous fortifions par l'habitude ; il y en a d'autres que l'on contracte, et qui nous sont étrangers. L'on est né quelquefois avec

1. **Poudre :** on en utilisait pour sécher l'encre.

2. **Défaut d'esprit :** manque d'intelligence.

des mœurs faciles, de la complaisance, et tout le désir de plaire ; mais par les traitements que l'on reçoit de ceux avec qui l'on vit ou de qui l'on dépend, l'on est bientôt jeté hors de ses mesures[1], et même de son naturel : l'on a des chagrins et une bile[2] que l'on ne se connaissait point, l'on se voit une autre complexion[3], l'on est enfin étonné de se trouver dur et épineux[4].

16 (II) L'on demande pourquoi tous les hommes ensemble ne composent pas comme une seule nation, et n'ont point voulu parler une même langue, vivre sous les mêmes lois, convenir entre eux des mêmes usages et d'un même culte ; et moi, pensant à la contrariété[5] des esprits, des goûts et des sentiments, je suis étonné de voir jusques à sept ou huit personnes se rassembler sous un même toit, dans une même enceinte, et composer une seule famille.

17 (I) Il y a d'étranges pères, et dont toute la vie ne semble occupée qu'à préparer à leurs enfants des raisons de se consoler de leur mort.

18 (I) Tout est étranger[6] dans l'humeur, les mœurs et les manières de la plupart des hommes. Tel a vécu pendant toute sa vie chagrin, emporté, avare, rampant, soumis, laborieux, intéressé, qui était né gai, paisible,

1. **Hors de ses mesures :** hors de ses gonds.
2. **Bile :** image de la colère.
3. **Complexion :** tempérament.
4. **Épineux :** violent. La Bruyère développe ici une thèse sous-jacente à son livre : le « caractère » de l'homme est quelque chose de fixe, mais certaines conditions peuvent en altérer la forme.
5. **Contrariété :** contradiction.
6. **Étranger :** ce qui n'est pas inné.

paresseux, magnifique[1], d'un courage fier et éloigné de toute bassesse : les besoins de la vie, la situation où l'on se trouve, la loi de la nécessité forcent la nature et y causent ces grands changements. Ainsi tel homme au fond et en lui-même ne se peut définir : trop de choses qui sont hors de lui l'altèrent, le changent, le bouleversent ; il n'est point précisément ce qu'il est ou ce qu'il paraît être.

19 (I) La vie est courte et ennuyeuse : elle se passe toute à désirer. L'on remet à l'avenir son repos et ses joies, à cet âge souvent où les meilleurs biens ont déjà disparu, la santé et la jeunesse. Ce temps arrive, qui nous surprend encore dans les désirs ; on en est là, quand la fièvre nous saisit et nous éteint : si l'on eût guéri, ce n'était que pour désirer plus longtemps.

20 (VIII) Lorsqu'on désire, on se rend à discrétion à celui de qui l'on espère : est-on sûr d'avoir, on temporise, on parlemente, on capitule.

21 (I) Il est si ordinaire à l'homme de n'être pas heureux, et si essentiel à tout ce qui est un bien d'être acheté par mille peines, qu'une affaire qui se rend facile devient suspecte. L'on comprend à peine, ou que ce qui coûte si peu puisse nous être fort avantageux, ou qu'avec des mesures justes l'on doive si aisément parvenir à la fin que l'on se propose. L'on croit mériter les bons succès, mais n'y devoir compter que fort rarement.

22 (IV) L'homme qui dit qu'il n'est pas né heureux pourrait du moins le devenir par le bonheur de ses

1. **Magnifique :** généreux.

amis ou de ses proches. L'envie lui ôte cette dernière ressource.

33 (I) Si la vie est misérable, elle est pénible à supporter ; si elle est heureuse, il est horrible de la perdre. L'un revient à l'autre.

35 (VIII) *Irène*[1] se transporte à grands frais en Épidaure[2], voit Esculape[3] dans son temple, et le consulte sur tous ses maux. D'abord elle se plaint qu'elle est lasse et recrue[4] de fatigue ; et le dieu prononce que cela lui arrive par la longueur du chemin qu'elle vient de faire. Elle dit qu'elle est le soir sans appétit ; l'oracle lui ordonne de dîner[5] peu. Elle ajoute qu'elle est sujette à des insomnies ; et il lui prescrit de n'être au lit que pendant la nuit. Elle lui demande pourquoi elle devient pesante, et quel remède ; l'oracle répond qu'elle doit se lever avant midi, et quelquefois se servir de ses jambes pour marcher. Elle lui déclare que le vin lui est nuisible : l'oracle lui dit de boire de l'eau ; qu'elle a des indigestions : et il ajoute qu'elle fasse diète. « Ma vue s'affaiblit, dit Irène. – Prenez des lunettes, dit Esculape. – Je m'affaiblis moi-même, continue-t-elle, et je ne suis ni si forte ni si saine que j'ai été. – C'est, dit le dieu,

---

1. ***Irène*** **:** nom d'une impératrice de Byzance en laquelle on a reconnu la favorite de Louis XIV, Mme de Montespan. Elle fut écartée à partir de 1684 au profit de Mme de Maintenon, mais resta à Versailles jusqu'en 1691.
2. **Épidaure :** ville de Grèce dans le Péloponnèse où s'élevait un temple en l'honneur d'Esculape.
3. **Esculape :** fils d'Apollon, dieu guérisseur.
4. **Recrue :** épuisée.
5. **Dîner :** déjeuner.

que vous vieillissez. – Mais quel moyen de guérir de cette langueur ? – Le plus court, Irène, c'est de mourir, comme ont fait votre mère et votre aïeule. – Fils d'Apollon, s'écrie Irène, quel conseil me donnez-vous ? Est-ce là toute cette science que les hommes publient, et qui vous fait révérer de toute la terre ? que m'apprenez-vous de rare et de mystérieux, et ne savais-je pas tous ces remèdes que vous m'enseignez ? – Que n'en usiez-vous donc, répond le dieu, sans venir me chercher de si loin, et abréger vos jours par un si long voyage ? »

41 (v) L'on espère de vieillir et l'on craint la vieillesse, c'est-à-dire, l'on aime la vie et l'on fuit la mort.

43 (v) Si de tous les hommes les uns mouraient, les autres non, ce serait une désolante affliction que de mourir.

47 (v) La vie est un sommeil[1] : les vieillards sont ceux dont le sommeil a été plus long ; ils ne commencent à se réveiller que quand il faut mourir. S'ils repassent alors sur tout le cours de leurs années, ils ne trouvent souvent ni vertus ni actions louables qui les distinguent les unes des autres ; ils confondent leurs différents âges, ils n'y voient rien qui marque assez pour mesurer le temps qu'ils ont vécu. Ils ont eu un songe confus, informe, et sans aucune suite ; ils sentent néanmoins, comme ceux qui s'éveillent, qu'ils ont dormi longtemps.

1. **La vie est un sommeil** : la formule rappelle le titre d'une pièce de Calderón : *La vie est un songe*, tous deux évoquant un lieu commun baroque, celui de l'illusion générale (voir Montaigne, *Essais*, II, 12, et Pascal, *Pensées*, n° 653). L'idée rejoint celle du *theatrum mundi*, évoquée dans le chapitre *De la cour* (remarque 99).

48 (IV) Il n'y a pour l'homme que trois événements : naître, vivre et mourir. Il ne se sent pas naître, il souffre à mourir, et il oublie de vivre.

81 (I) Il y a une espèce de honte d'être heureux à la vue de certaines misères.

101 (V) L'ennui est entré dans le monde par la paresse, elle a beaucoup de part dans la recherche que font les hommes des plaisirs, du jeu, de la société : celui qui aime le travail a assez de soi-même.

111 (I) C'est une grande difformité dans la nature qu'un vieillard amoureux[1].

121 (IV) *Gnathon*[2] ne vit que pour soi, et tous les hommes ensemble sont à son égard comme s'ils n'étaient point. Non content de remplir à une table la première place, il occupe lui seul celle de deux autres ; il oublie que le repas est pour lui et pour toute la compagnie ; il se rend maître du plat, et fait son propre de chaque service : il ne s'attache à aucun des mets, qu'il n'ait achevé d'essayer de tous ; il voudrait pouvoir les savourer tous tout à la fois : il ne se sert à table que de ses mains ; il manie les viandes, les remanie, démembre, déchire, et en use de manière qu'il faut que les conviés, s'ils veulent manger, mangent ses restes. Il ne leur épargne aucune de ces malpropretés dégoûtantes, capables d'ôter l'appétit aux plus affamés ; le jus

1. **Vieillard amoureux** : la comédie s'était emparée avec succès du thème du barbon amoureux (voir *L'École des femmes* ou *Le Bourgeois gentilhomme* de Molière).
2. ***Gnathon*** : ce nom vient d'une racine grecque qui veut dire « mâchoire » (voir « prognathe »). Le glouton est un personnage commun de la comédie.

et les sauces lui dégouttent[1] du menton et de la barbe ; s'il enlève un ragoût[2] de dessus un plat, il le répand en chemin dans un autre plat et sur la nappe ; on le suit à la trace. Il mange haut et avec grand bruit ; il roule les yeux en mangeant ; la table est pour lui un râtelier ; il écure ses dents, et il continue à manger. Il se fait, quelque part où il se trouve, une manière d'établissement[3], et ne souffre pas d'être plus pressé[4] au sermon ou au théâtre que dans sa chambre. Il n'y a dans un carrosse que les places du fond qui lui conviennent ; dans toute autre, si on veut l'en croire, il pâlit et tombe en faiblesse. S'il fait un voyage avec plusieurs, il les prévient[5] dans les hôtelleries, et il sait toujours se conserver dans la meilleure chambre le meilleur lit. Il tourne tout à son usage ; ses valets, ceux d'autrui, courent dans le même temps pour son service. Tout ce qu'il trouve sous sa main lui est propre[6], hardes, équipages. Il embarrasse tout le monde, ne se contraint pour personne, ne plaint personne, ne connaît de maux que les siens, que sa réplétion[7] et sa bile, ne pleure point la mort des autres, n'appréhende que la sienne, qu'il rachèterait volontiers de l'extinction du genre humain.

1. **Dégouttent :** coulent goutte à goutte.
2. **Un ragoût :** un plat en sauce.
3. **Établissement :** installation.
4. **Pressé :** serré.
5. **Il les prévient :** il les précède.
6. **Lui est propre :** est à lui.
7. **Réplétion :** excès de sang.

122 (VI) *Cliton* n'a jamais eu en toute sa vie que deux affaires, qui est de dîner[1] le matin et de souper le soir ; il ne semble né que pour la digestion. Il n'a de même qu'un entretien : il dit les entrées qui ont été servies au dernier repas où il s'est trouvé ; il dit combien il y a eu de potages[2], et quels potages ; il place ensuite le rôt[3] et les entremets ; il se souvient exactement de quels plats on a relevé le premier service ; il n'oublie pas les *hors-d'œuvre*, le fruit[4] et les assiettes[5] ; il nomme tous les vins et toutes les liqueurs[6] dont il a bu ; il possède le langage des cuisines autant qu'il peut s'étendre, et il me fait envie de manger à une bonne table où il ne soit point. Il a surtout un palais sûr, qui ne prend point le change[7], et il ne s'est jamais vu exposé à l'horrible inconvénient de manger un mauvais ragoût, ou de boire d'un vin médiocre. C'est un personnage illustre dans son genre, et qui a porté le talent de se bien nourrir jusques où il pouvait aller : on ne reverra plus un homme qui mange tant et qui mange si bien ; aussi est-il l'arbitre des bons morceaux, et il n'est guère permis d'avoir du goût pour ce qu'il désapprouve. Mais il n'est plus : il s'est fait du

1. **Dîner :** déjeuner (repas du midi) ; le souper est le dîner (repas du soir).
2. **Potages :** le potage est un plat de viande bouillie par lequel on commençait le repas.
3. **Rôt :** rôti.
4. **Le fruit :** le dessert en général.
5. **Les assiettes :** les entremets, c'est-à-dire les plats servis entre les plats principaux.
6. **Les liqueurs :** les boissons en général.
7. **Qui ne prend point le change :** prendre le change signifie « se laisser abuser ».

moins porter à table jusqu'au dernier soupir ; il donnait à manger le jour qu'il est mort. Quelque part où il soit, il mange ; et s'il revient au monde, c'est pour manger.

128 (IV) L'on voit certains animaux farouches[1], des mâles et des femelles, répandus par la campagne, noirs, livides et tout brûlés du soleil, attachés à la terre qu'ils fouillent et qu'ils remuent avec une opiniâtreté invincible ; ils ont comme une voix articulée, et quand ils se lèvent sur leurs pieds, ils montrent une face humaine, et en effet ils sont des hommes. Ils se retirent la nuit dans des tanières, où ils vivent de pain noir, d'eau et de racines[2] ; ils épargnent aux autres hommes la peine de semer, de labourer et de recueillir pour vivre, et méritent ainsi de ne pas manquer de ce pain qu'ils ont semé.

☛ **Pour le questionnaire relatif à ce chapitre, voir page 151.**

1. **Certains animaux farouches :** il s'agit ici des paysans.
2. **Racines :** des plantes dont on mange la racine, telles que la carotte, la rave, le navet, etc.

Jean de La Bruyère. Portrait de l'École française (XVIIe s.).

DOSSIER
SPÉCIAL BAC

DOSSIER SPÉCIAL BAC

Questionnaire I

Chapitre V :
De la société et de la conversation (pp. 29-34)

1. **Le titre** : de quelle « société » s'agit-il ? Quels sont les deux sens possibles du mot ?

2. **Remarques 1 et 6** : que reproche La Bruyère aux « mauvais plaisants » ? À quoi les compare-t-il ?

3. **Remarque 7** : qu'est-ce qu'un « diseur de *phœbus* » ?

4. **Remarque 9** : qui est Arrias ? Quel « caractère » incarne-t-il ? Sur quelle chute s'achève son portrait ?

5. **Remarque 12** : qui est Théodecte ? Se comporte-t-il en honnête homme habitué à vivre en « société » ?

6. **Remarque 49** : sur quel contraste est construit ce fragment ?

7. **Remarque 50** : comment La Bruyère présente-t-il la vie sociale et familiale ? Qui vise-t-il en priorité ? Qu'en conclure sur l'idée qu'il se fait de la nature humaine ?

8. **Remarque 51** : pourquoi La Bruyère associe-t-il, dans une même formule, « les provinciaux et les sots » ?

9. **Remarques 52 et 56** : comment, selon La Bruyère, doit-on se comporter envers les grands et les sots ?

10. **Remarque 83** : quelle lumière cette ultime remarque jette-t-elle a posteriori sur l'ensemble du chapitre ?

Questionnaire 2

Chapitre VI :

Des biens de fortune (pp. 35-41)

1. **Le titre** : au XVIIe siècle, le mot « fortune » possède plusieurs sens. Lesquels ? Comment donc comprendre le titre ? Quels autres « biens » suggère-t-il implicitement ?

2. **Remarques 17 et 24** : quelle est l'attitude de La Bruyère à l'égard de l'argent ? Méprise-t-il la richesse ou l'envie-t-il ?

3. **Remarque 25** : elle contient deux métaphores filées. Lesquelles ? Que signifient-elles ?

4. **Remarque 38** : quels sont les qualités et défauts nécessaires pour bâtir une fortune ?

5. **Remarques 39, 40 et 41** : quel est le thème commun à ces trois remarques ?

6. **Remarque 42** : quelle image La Bruyère donne-t-il du commerce ?

7. **Remarque 68** : quel rôle joue l'argent au sein des familles ?

8. **Remarque 83** : sur quelles oppositions symétriques sont construits les portraits de Giton et de Phédon ? Quels effets produisent chez l'un la richesse et chez l'autre la pauvreté ? Étudiez le parallélisme final.

9. Observateur des mœurs et censeur acerbe de ses contemporains, La Bruyère vous semble-t-il, à la lumière de ce chapitre, un auteur révolutionnaire ?

Questionnaire 3

Chapitre VII :
De la ville (pp. 42-47)

1. **Remarque 1** : relevez les références topographiques qui permettent d'identifier la « ville » dont il question dans ce chapitre.

2. **Remarque 3** : pourquoi La Bruyère compare-t-il les lieux de promenade à un « théâtre » ? Quel sens faut-il donner à ce mot ?

3. **Remarque 4** : quelle est la composition de cette remarque ? Rapprochez du titre du chapitre V les « diverses sociétés » dont il y est question. S'agit-il de la même « société » ? Comment apparaît cette « ville » ? Quels portraits y sont insérés ?

4. **Remarque 21** : sur quelle opposition cette remarque est-elle construite ? Comment se manifestent l'ignorance et l'arrogance des bourgeois ?

5. **Sur tout le chapitre** : en vous appuyant sur les noms de lieux, sur les professions et sur les occupations mentionnées, à quelles catégories d'habitants La Bruyère restreint-il la « ville » ?

Questionnaire 4

Chapitre VIII :
De la cour (pp. 48-88)

1. Remarques 1 et 2 : quels griefs La Bruyère adresse-t-il aux courtisans ? La remarque 2 explique-t-elle la remarque 1 ?

2. Remarques 7 à 9 : en quoi la vie de cour est-elle séduisante ? En quoi est-elle pénible ?

3. Remarque 12 : quelle idée La Bruyère se fait-il de la nature humaine ?

4. Remarques 15 à 19 : étudiez les différents portraits du courtisan. Qu'ont-ils en commun ? En quoi sont-ils différents ?

5. Remarques 20 et 21 : quel travers de la noblesse est ici ridiculisé ?

6. Remarques 22 à 47 : quelle est la nature des relations humaines à la cour ?

7. Remarques 52, 56, 57, 59 et 61 : quel est le trait dominant de chacun des « caractères » dépeints, eu égard à la position sociale des uns et des autres ?

8. Remarque 62 : en quoi le réquisitoire contre la cour atteint-il un degré de violence jusqu'ici inégalé ?

9. Remarque 74 : sur quel procédé rhétorique la présentation de la cour repose-t-elle ? Quel Dieu adorent les courtisans ?

10. Remarques 78 à 82 : comment convient-il de parler à la cour ?

Questionnaire 4

11. **Remarques 84 à 88 :** quels rapports humains la vie de cour impose-t-elle ? En quoi ces remarques complètent-elles les remarques 22 à 47 ?

12. **Remarque 96 :** pourquoi Straton est-il un « caractère équivoque » ?

13. **Remarque 101 :** comparez cette dernière remarque du chapitre avec celle qui clôt le chapitre « De la société et de la conversation ». Quel peut être le refuge du « sage » ou d'un « esprit sain » ?

Questionnaire 5

Chapitre IX :
Des grands (pp. 89-115)

1. Pourquoi ce chapitre n'est-il pas intégré au chapitre précédent consacré à la cour ? Justifiez sa place entre celui sur la cour et celui consacré au souverain.

2. **Remarque 1** : d'où vient le prestige des grands ? En quoi cette première remarque donne-t-elle le ton au chapitre tout entier ?

3. **Remarque 3** : qu'est-ce que La Bruyère envie chez les grands ? Cette remarque nous renseigne-t-elle sur son système de valeurs ?

4. **Remarques 6, 7, 8, 11 et 12** : quelle est l'attitude des grands à l'égard du mérite ?

5. **Remarque 15** : comment est construit le portrait de Théophile ? De quelle maladie semble-t-il atteint ?

6. **Remarques 22, 23 et 24** : comment se manifeste la morgue des grands ? En quoi préfigure-t-elle leur déclin ?

7. **Remarque 25** : comment comprendre la formule : « Je veux être peuple » ?

8. **Remarques 26 à 36** : que pense La Bruyère des grands ? En quoi sa satire se fait-elle plus incisive ?

9. **Remarques 40 et 41** : quelle est la fonction traditionnelle de la noblesse ? Quelle vision La Bruyère a-t-il de l'héroïsme ?

Questionnaire 5

10. **Remarque 48** : comparez le portrait de Théognis avec celui d'Acis (V, 7). En quoi se ressemblent-ils ? Qu'est-ce qui les différencie ?

11. **Remarque 50** : comment comprenez-vous que La Bruyère parle de « Pamphile », puis d'« un Pamphile », enfin « des Pamphiles » ?

12. **Remarques 53 à 56** : qui sont, en définitive, les grands ? Quelle prudente attitude adopter à leur égard ?

Questionnaire 6

Chapitre X :
Du souverain ou de la république (pp. 116-125)

1. **Le titre** : quel sens possède le mot « république » ?

2. **Remarque 1** : quelle est, selon La Bruyère, la meilleure ou la moins mauvaise forme de gouvernement ? Quel argument avance-t-il pour justifier son choix ?

3. **Remarque 2** : quel jugement La Bruyère porte-t-il sur la tyrannie ?

4. **Remarque 3** : quelle forme de gouvernement est ici visée ?

5. **Remarque 4** : quelle est la différence entre « le despotique » et la tyrannie évoquée dans la remarque 2 ?

6. **Remarques 5 et 6** : à quoi tient le succès ou l'échec d'une réforme ? Qu'est-ce que La Bruyère semble redouter le plus ? Son attitude vous semble-t-elle réaliste ou cynique ?

7. **Remarque 7** : comment s'organise la progression de cette remarque ? Quelle distinction La Bruyère établit-il entre les « maux » ?

8. **Remarque 8** : en quoi cette remarque illustre-t-elle la précédente ?

9. **Remarque 9** : quelle est la position de La Bruyère à l'égard de la guerre ? À quoi l'attribue-t-il le plus souvent ?

Questionnaire 6

10. **Remarque 28 :** en quoi cette remarque constitue-t-elle une critique radicale de l'absolutisme royal ?

11. **Remarque 29 :** quelle est la métaphore filée ? Quelle image de la royauté suggère-t-elle ?

12. **Remarques 30 à 32 :** en quoi consiste ou devrait consister le bonheur d'un roi ?

Questionnaire 7

Chapitre XI : De l'homme (pp. 126-139)

1. **Remarques 1 et 4** : quelle idée La Bruyère se fait-il de la nature humaine ? Pourquoi, selon lui, ne faut-il pas s'emporter contre les hommes ?

2. **Remarque 7** : qui est Ménalque ? En quoi est-il un personnage comique ? Est-ce un portrait ou une charge satirique ?

3. **Remarques 13, 15, 16 et 17** : pourquoi les hommes ne peuvent-ils pas vivre en harmonie, même au sein des familles ?

4. **Remarques 19 à 22** : quelle conception La Bruyère se fait-il de l'existence ? Est-ce, chez un moraliste, une position originale ou traditionnelle ?

5. **Remarque 35** : étudiez la forme dialoguée du portrait d'Irène. De quelle maladie celle-ci est-elle atteinte ? Quelle conclusion implicite se dégage de cette remarque ?

6. **Remarques 47 et 48** : comment ces deux remarques amplifient-elles les observations des remarques 19 à 22 ? Qu'apportent-elles de nouveau ?

7. **Remarque 121** : quel est le trait dominant du caractère de Gnathon ? S'agit-il d'un portrait ou d'une charge satirique ?

8. **Remarque 122** : en quoi Cliton diffère-t-il de Gnathon ?

9. **Remarque 128** : sur quelle métaphore la remarque est-elle construite ? Comparez-la avec les remarques 33 et 81. Que révèle-t-elle de la sensibilité de La Bruyère ?

Parcours

CLASSE DE PREMIÈRE DE LA VOIE GÉNÉRALE

✣ Thème : la comédie sociale Chapitres V à X des *Caractères*

À plusieurs reprises, La Bruyère évoque le « théâtre du monde » (VI, 31) ou ces Parisiens qui ne se rencontrent que pour se rassurer sur le « théâtre » des mondanités (VII, 3). « Dans cent ans, écrit-il encore, ce sera le même théâtre » (VIII, 99). Que le monde soit un vaste théâtre est un thème philosophique ancien, remontant à l'Antiquité où l'on parlait de *theatrum mundi*. Longtemps, il a relevé d'une vision religieuse du monde : sous le regard de Dieu, dramaturge et spectateur tout à la fois, les hommes tiennent des rôles (professionnel, familial...) dans une pièce dont ils ignorent le sens.

Le baroque des XVIe et XVIIe siècles l'a désacralisé. Partant du principe que rien n'est stable et définitif, que tout au contraire est mouvant, seul compte ce que l'on voit, seules importent les apparences. On est ce qu'on paraît. Ce thème est européen. Le dramaturge espagnol Pedro Calderón de la Barca (1600-1681) écrit en 1649 une comédie au titre significatif, *Le Grand Théâtre du monde*. En Angleterre, Shakespeare (1564-1616) fait dire à l'un de ses personnages, dans sa comédie *Comme il vous plaira* (v. 1599) : « Le monde entier est un théâtre et les hommes et les femmes n'en sont que les acteurs. »

La comédie sociale est une version particulière et dégradée de ce *theatrum mundi*. Où qu'ils soient, dans quelque circonstance que ce soit, les hommes ne se montrent jamais tels qu'ils sont : ils vivent masqués. Les raisons en sont multiples : le désir de séduire, de se faire bien voir, de défendre ses intérêts, d'obtenir un poste, de tromper son monde, de cacher ses intentions profondes ou, plus simplement, de se vanter. Les formes en sont variées : le mensonge, l'hypocrisie, la vanité, le snobisme, la mode... Partout, c'est le triomphe du paraître, au détriment de l'être : à la cour où tout dépend de la faveur royale, à la « ville » où règnent les coteries, dans les familles où se cachent rancœurs et disputes.

Pascal (1623-1662) dans ses *Pensées* (1670, édition posthume), La Fontaine (1621-1695) dans ses *Fables* (1668-1694), La Rochefoucauld (1613-1680) dans ses *Réflexions ou Sentences et Maximes morales* (1664) : tous les moralistes du XVIIe siècle ont dénoncé ce triomphe des apparences, le plus souvent pour en accabler l'homme, parfois pour s'en amuser.

Dans son principe, la comédie sociale est de tous les temps. Aussi les trois textes qui suivent et l'illustrent appartiennent-ils à trois siècles différents : le XVIe siècle, avec Du Bellay ; le XVIIe siècle, avec La Fontaine ; et le XVIIIe siècle, avec Montesquieu.

LA COUR ? UN THÉÂTRE D'APPARENCES.

❶ Joachim Du Bellay, *Les Regrets* (1558), sonnet 150.

En 1553, Joachim Du Bellay (1522-1560) accompagne à Rome son oncle, le cardinal Jean Du Bellay, dont le roi Henri II a fait son ambassadeur. Pour un humaniste, pétri de culture antique, comme Joachim Du Bellay, le voyage en Italie est un enthousiasmant retour aux sources. Sa déception n'en est que plus grande : la cour pontificale connaît les mêmes travers que la cour de France. Revenu à Paris, Du Bellay constate en effet que les courtisans jouent sans cesse la comédie en fonction de leurs intérêts propres.

Seigneur, je ne saurais regarder d'un bon œil
Ces vieux singes de cour, qui ne savent rien faire,
Sinon en leur marcher les Princes contrefaire,
Et se vêtir, comme eux, d'un pompeux appareil[1].

---

1. **Appareil** : vêtement de cérémonie.

Si leur maître se moque, ils feront le pareil ;
S'il ment, ce ne sont eux qui diront du contraire[1] :
Plutôt auront-ils vu, afin de lui complaire,
La lune en plein midi, à minuit le soleil.

Si quelqu'un devant eux reçoit un bon visage,
Ils le vont caresser, bien qu'ils crèvent de rage ;
S'il le[2] reçoit mauvais, ils le montrent du doigt.

Mais ce qui plus contre eux quelquefois me dépite,
C'est devant le roi d'un visage hypocrite,
Ils se prennent à rire, et ne savent pourquoi.

LE COURTISAN ? UNE MARIONNETTE.

❷ Jean de La Fontaine, *Fables*, deuxième recueil (1678), VIII, 14.

Un siècle plus tard, Jean de La Fontaine (1621-1695) fait le même constat que Du Bellay : la vie de cour est un spectacle, un renoncement à soi, à son être profond. La flatterie, la servilité y règnent en maîtresses. La sincérité en est toujours absente. Mêlant l'humour à la satire, La Fontaine va encore plus loin que Du Bellay, en voyant dans les courtisans des marionnettes que le roi manipule à sa guise et en les ravalant même au rang d'objets.

Les Obsèques de la Lionne

La femme du Lion mourut :
Aussitôt chacun accourut
Pour s'acquitter envers le Prince

1. Ce ne sont pas eux qui vous diront le contraire.
2. **Le** : pronom personnel, COD du verbe « recevoir », mis pour « le visage ».

De certains compliments de consolation,
Qui sont surcroît d'affliction.
Il fit avertir sa province
Que les obsèques se feraient
Un tel jour, en tel lieu ; ses prévôts y seraient
Pour régler la cérémonie,
Et pour placer la compagnie.
Jugez si chacun s'y trouva.
Le Prince aux cris s'abandonna,
Et tout son antre en résonna :
Les Lions n'ont point d'autre temple.
On entendit à son exemple
Rugir en leurs patois Messieurs les Courtisans.
Je définis la cour un pays où les gens
Tristes, gais, prêts à tout, à tout indifférents,
Sont ce qu'il plaît au Prince, ou s'ils ne peuvent l'être
Tâchent au moins de le paraître,
Peuple caméléon, peuple singe du maître,
On dirait qu'un esprit anime mille corps ;
C'est bien là que les gens sont de simples ressorts.
Pour revenir à notre affaire
Le Cerf ne pleura point. Comment eût-il pu faire ?
Cette mort le vengeait : la Reine avait jadis
Étranglé sa femme et son fils.
Bref il ne pleura point. Un flatteur l'alla dire,
Et soutint qu'il l'avait vu rire.
La colère du Roi, comme dit Salomon[1],
Est terrible, et surtout celle du roi Lion ;

1. **Salomon** : roi du peuple hébreu dans l'Ancien Testament, d'une grande sagesse.

Mais ce Cerf n'avait pas accoutumé de lire.
Le Monarque lui dit : « Chétif hôte des bois,
Tu ris ! tu ne suis donc pas ces gémissantes voix !
Nous n'appliquerons pas sur tes membres profanes
Nos sacrés ongles. Venez, Loups,
Vengez la Reine, immolez tous
Ce traître à ses augustes mânes. »
Le Cerf reprit alors : « Sire, le temps de pleurs
Est passé ; la douleur est ici superflue.
Votre digne moitié, couchée entre des fleurs,
Tout près d'ici m'est apparue ;
Et je l'ai d'abord reconnue.
« Ami, m'a-t-elle dit, garde que ce convoi,
Quand je vais chez les Dieux, ne t'oblige à des larmes.
Aux Champs Élysiens[1] j'ai goûté mille charmes,
Conversant[2] avec ceux qui sont saints comme moi.
Laisse agir quelque temps le désespoir du Roi.
J'y prends plaisir. » À peine on eut ouï la chose,
Qu'on se mit à crier : « Miracle, apothéose ! »
Le Cerf eut un présent, bien loin d'être puni.

Amusez les Rois par des songes,
Flattez-les, payez-les d'agréables mensonges :
Quelque indignation dont leur cœur soit rempli,
Ils goberont l'appât, vous serez leur ami.

---

1. Les Champs Élysées étaient considérés dans l'Antiquité comme le séjour des morts.
2. **Conversant** : vivant en toute familiarité.

« LES CAPRICES DE LA MODE »

❸ Montesquieu, *Lettres persanes* (1721), Lettre 99.

La comédie sociale ne sévit pas qu'à la cour : elle est partout, et notamment à Paris, qui donne souvent le ton au reste du royaume. Dans les *Lettres persanes* (1721), Montesquieu (1689-1755) imagine le voyage de deux Persans en France. Avec un regard faussement naïf, ils dressent un tableau férocement satirique des mœurs et des institutions françaises. Rica, l'un des deux Persans, évoque pour son ami resté à Venise les caprices de la mode. C'est une autre forme de spectacle.

Rica à Rhédi, à Venise.

Je trouve les caprices de la mode, chez les Français, étonnants. Ils ont oublié comment ils étaient habillés cet été ; ils ignorent encore plus comment ils le seront cet hiver. Mais, surtout, on ne saurait croire combien il en coûte à un mari pour mettre sa femme à la mode.

Que me servirait de te faire une description exacte de leur habillement et de leurs parures ? Une mode nouvelle viendrait détruire tout mon ouvrage, comme celui de leurs ouvriers, et, avant que tu eusses reçu ma lettre, tout serait changé.

Une femme qui quitte Paris pour aller passer six mois à la campagne en revient aussi antique que si elle s'y était oubliée trente ans. Le fils méconnaît le portrait de sa mère, tant l'habit avec lequel elle est peinte lui paraît étranger ; il s'imagine que c'est quelque Américaine qui y est représentée, ou que le peintre a voulu exprimer quelqu'une de ses fantaisies.

Quelquefois les coiffures montent insensiblement, et une révolution les fait descendre tout à coup. Il a été un temps que leur hauteur immense mettait le visage d'une femme au milieu d'elle-même. Dans un autre, c'étaient les pieds qui occupaient cette place : les talons faisaient un piédestal qui les tenait en l'air. Qui pourrait le croire ? Les architectes ont souvent été obligés de hausser, de baisser et d'élargir leurs portes, selon que les parures des femmes exigeaient d'eux ce changement, et les règles de leur art ont été asservies à leurs caprices. On voit quelquefois sur un visage une quantité prodigieuse de mouches, et elles disparaissent toutes le lendemain. Autrefois, les femmes avaient de la taille et des dents ; aujourd'hui, il n'en est pas question. Dans cette changeante nation, quoi qu'en disent les mauvais plaisants, les filles se trouvent autrement faites que leurs mères.

Il en est des manières et de la façon de vivre comme des modes : les Français changent de mœurs selon l'âge de leur roi. Le monarque pourrait même parvenir à rendre la nation grave, s'il l'avait entrepris. Le Prince imprime le caractère de son esprit à la Cour ; la Cour, à la Ville ; la Ville, aux provinces. L'âme du souverain est un moule qui donne la forme à toutes les autres.

De Paris, le 8 de la lune de Saphar, 1717.

Synthèse

Ces trois textes relèvent de formes différentes : un sonnet, une fable, une narration épistolaire. À la cour d'Henri II chez Du Bellay comme à la cour de Louis XIV chez La Fontaine, la comédie sociale est la même. Il s'agit de capter les faveurs du souverain, d'imiter les comportements des gens en place, d'adopter leurs goûts et manières, bref de flatter. L'image des « singes » est à cet égard particulièrement significative. Elle ne consacre pas seulement le règne des apparences, elle détruit l'être, l'intériorité, la sincérité, à tel point que les courtisans, chez La Fontaine, se déshumanisent pour devenir des objets. Si elle peut faire sourire par certains de ses aspects, la comédie sociale présente ainsi un visage inquiétant. Sa portée politique est également évidente : le responsable – le dramaturge ? – de cette comédie est le roi lui-même. La Bruyère ne dit pas autre chose. Celle que dépeint Montesquieu est en apparence plus légère, puisqu'elle concerne les caprices de la mode. La satire n'en met pas moins en lumière l'inconstance, la futilité et le snobisme des Français. Dans ce triomphe toujours mouvant des apparences, la responsabilité du roi est clairement engagée : « L'âme du souverain est un moule qui donne forme à toutes les autres », conclut Rica. Inquiétante sur le plan philosophique – qu'est-ce que l'homme dans ces conditions ? –, la comédie sociale est un processus de dépersonnalisation des individus. Cesse alors le rire ou le sourire qu'elle peut susciter.

Parcours

CLASSE DE PREMIÈRE DE LA VOIE TECHNOLOGIQUE

✣ Thème : Peindre les hommes, examiner la nature humaine Chapitre XI des *Caractères*

« Peindre les hommes » est une entreprise très ancienne : de l'Antiquité à nos jours, des poètes satiriques (comme le Latin Horace), des philosophes (comme Sénèque), des moralistes (comme La Rochefoucauld au XVIIe siècle et, au XXe, comme Cioran), des anthropologues (comme Lévi-Strauss), ont relevé les défauts et vices des hommes. Tout écrivain, qu'il soit romancier, poète ou dramaturge, dépeint à sa façon ses contemporains. C'est donc une entreprise sans cesse renouvelée, mais aussi sans fin tant est grande la diversité des comportements et des caractères. Son intérêt est moins de constituer une galerie de portraits ou de multiplier les études de mœurs que de tenter de définir ce qu'est l'homme. « Peindre les hommes » dans leur variété et complexité pour saisir l'homme, pour analyser ce qu'il possède d'irréductible, pour déterminer quelle est sa nature profonde, si tant est qu'il existe une nature humaine universelle. Les trois extraits ci-dessous, empruntés à Montaigne, à Pascal et à Rousseau, en proposent trois visions différentes.

L'HOMME ? UNE CRÉATURE PARMI D'AUTRES.

❶ Montaigne, *Essais* (1588), II, 12, « Apologie de Raimond Sebond ». Orthographe modernisée.

Les découvertes scientifiques de l'humanisme persuadent Montaigne (1533-1592) que l'homme n'est pas, n'est plus au centre de l'Univers. Aussi s'interroge-t-il, dans un passage de ses *Essais*, sur la place de celui-ci dans le monde du vivant et, plus particulièrement, par rapport aux animaux. L'homme lui semble affligé d'un orgueil et d'une présomption insupportables.

La présomption est notre maladie naturelle et originelle. La plus calamiteuse et la plus frêle de toutes les créatures, c'est l'homme, et en même temps la plus orgueilleuse. Elle se sent et se voit logée ici[1], parmi la bourbe et la fiente du monde, attachée et clouée à la pire, la plus morte et croupie partie de l'Univers, au dernier étage du logis et le plus éloigné de la voûte céleste, avec les animaux de la pire condition des trois[2] ; et se va plantant par imagination au-dessus du cercle de la lune et ramenant le ciel sous ses pieds. C'est par la vanité de cette même imagination qu'il s'égale à Dieu, qu'il s'attribue les conditions divines, qu'il se trie soi-même et se sépare de la foule des autres créatures, taille les parts aux animaux ses confrères et compagnons, et leur distribue telle portion de faculté et de forces comme bon lui semble. Comment connaît-il par l'effort de son intelligence les branles[3] internes et secrets des animaux ? par quelle comparaison d'eux à nous conclut-il la bêtise qu'il leur attribue ? [...] Ce défaut qui empêche la communication d'entre elles [les bêtes] et nous, pourquoi n'est-il aussi bien à nous qu'à elles ? C'est à deviner à qui est la faute de ne pas nous entendre ; car nous ne les

1. **Ici :** sur Terre.
2. **Trois :** les animaux aériens (les oiseaux), aquatiques (les poissons) et terrestres.
3. **Les branles :** les mouvements.

comprenons pas plus qu'elles ne nous comprennent. Par cette même raison, elles nous peuvent estimer bêtes comme nous les estimons telles.

L'HOMME ? UN « ROSEAU PENSANT ».

❷ Blaise Pascal, *Pensées* (1670, posthume), édition Léon Brunschvig, 1897, fragments 347-348 ; 358, 418.

Mathématicien, physicien, auteur d'expériences sur la pression atmosphérique, inventeur de la machine à calculer, Blaise Pascal (1623-1662) est un scientifique. C'est aussi un chrétien convaincu que l'homme est foncièrement marqué par le péché originel. De là la grandeur et la bassesse de ce dernier : la pensée lui confère sa puissance et sa dignité, sa faiblesse physique et morale le rend misérable. C'est ce qu'il explique dans plusieurs fragments de ses *Pensées* (dont toutes les éditions sont posthumes).

L'homme n'est qu'un roseau, le plus faible de la nature, mais c'est un roseau pensant. Il ne faut pas que l'Univers entier s'arme pour l'écraser : une vapeur, une goutte d'eau, suffit pour le tuer. Mais quand l'Univers l'écraserait, l'homme serait encore plus noble que ce qui le tue, parce qu'il sait qu'il meurt, et l'avantage que l'Univers a sur lui, l'Univers n'en sait rien. Toute notre dignité consiste donc dans la pensée. C'est de là qu'il nous faut relever[1], et non de l'espace et de la durée, que nous ne saurions remplir. Travaillons donc à bien penser.

Roseau pensant. Ce n'est point de l'espace que je dois chercher ma dignité, mais c'est du règlement de ma pensée. Je n'aurai pas davantage en possédant des terres : par

1. **Relever :** partir.

l'espace, l'Univers me comprend[1] et m'engloutit comme un point ; par la pensée, je le comprends[2].

L'homme n'est ni ange ni bête, et le malheur veut que qui veut faire l'ange fait la bête.

Il est dangereux de trop faire voir à l'homme combien il est égal aux bêtes, sans lui montrer sa grandeur. Il est encore dangereux de lui trop faire voir sa grandeur sans sa bassesse. Il est encore plus dangereux de lui laisser ignorer l'un et l'autre. Mais il est très avantageux de lui représenter l'un et l'autre. Il ne faut pas que l'homme croie qu'il est égal aux bêtes, ni aux anges, ni qu'il ignore l'un et l'autre, mais qu'il sache l'un et l'autre.

L'HOMME ? UN ÊTRE LIBRE.

❸ Jean-Jacques Rousseau, *Discours sur l'origine et les fondements de l'inégalité parmi les hommes*, 1755, première partie.

Contrairement à Pascal, Jean-Jacques Rousseau (1712-1778) voit dans le développement de la civilisation la cause première de la décadence : l'homme né bon est corrompu par la société. C'est ce qu'il entreprend de démontrer dans son *Discours sur les sciences et les arts* (1750). Cinq ans plus tard, dans son *Discours sur l'origine et les fondements de l'inégalité parmi les hommes* (1755), il développe l'idée que l'homme se définit par sa liberté, indépendamment du bon ou du mauvais usage qu'il peut en faire.

Je ne vois dans tout animal qu'une machine ingénieuse, à qui la nature a donné des sens pour se remonter elle-même, et pour se garantir, jusqu'à un certain point, de tout ce qui tend à la détruire ou à la déranger. J'aperçois précisément les mêmes choses dans la machine humaine,

1. **Me comprend :** m'englobe.
2. **Je le comprends :** je l'envisage par la pensée.

avec cette différence que la nature seule fait tout dans les opérations de la bête au lieu que l'homme concourt aux siennes en qualité d'agent libre. L'une choisit ou rejette par instinct, et l'autre par un acte de liberté ; ce qui fait que la bête ne peut s'écarter de la règle qui lui est prescrite, même quand il lui serait avantageux de le faire, et que l'homme s'en écarte souvent à son préjudice. C'est ainsi qu'un pigeon mourrait de faim près d'un bassin rempli des meilleures viandes, et un chat sur des tas de fruits ou de grains, quoique l'un et l'autre pût très bien se nourrir de l'aliment qu'il dédaigne, s'il était avisé d'en essayer ; c'est ainsi que les hommes dissolus se livrent à des excès qui leur causent la fièvre et la mort parce que l'esprit déprave les sens, et que la volonté parle encore quand la nature se tait. [...] La nature commande à tout animal, et la bête obéit. L'homme éprouve la même impression, mais il se reconnaît libre d'acquiescer ou de résister ; et c'est surtout dans la conscience de cette liberté que se montre la spiritualité de son âme ; car la physique explique en quelque manière le mécanisme des sens et de la formation des idées, mais dans la puissance de vouloir ou plutôt de choisir, et dans le sentiment de cette puissance, on ne trouve que des actes purement spirituels dont on n'explique rien par les lois de la mécanique.

Synthèse

L'angle d'analyse diffère chez chacun de ces trois auteurs. Pas plus qu'il ne croit que la Terre est au centre du Système solaire, Montaigne ne croit à la royauté de l'homme dans le monde du vivant. La supériorité que celui-ci s'attribue lui semble plus un signe de faiblesse que d'intelligence. Pascal envisage l'homme par rapport à l'Univers dans lequel celui-ci n'est rien, mais que son intelligence lui permet de comprendre. Rousseau préfère définir l'homme par sa capacité à s'opposer à tout déterminisme. Trois visions et trois questions : qu'est-ce que l'homme par rapport aux animaux ? par rapport au cosmos ? par rapport à la nature ? Qu'est-ce qui fonde en somme sa spécificité ? Montaigne la cherche, Pascal la confond avec la pensée et Rousseau avec le libre arbitre.

Chacun d'eux demande à la langue de quoi rendre leurs positions sinon plus attrayantes, du moins plus expressives. Montaigne procède par deux affirmations initiales, présentées comme des vérités générales : « La présomption est notre maladie naturelle et originelle. La plus calamiteuse et la plus frêle de toutes les créatures, c'est l'homme. » Après quoi, la description de la Terre, dans le recoin le moins agréable de l'Univers, prend des couleurs presque fantastiques. La force de la vision pascalienne tient tout entière dans la métaphore du « roseau pensant », image parfaite de fragilité, de faiblesse et de puissance de l'esprit. Rousseau conduit son argumentation par une longue comparaison entre l'homme et les bêtes, pour dégager le seul point qui les différencie : la liberté. Forme et fond sont plus que jamais indissociables. Ce qui est dit ne tire sa force que de la manière dont c'est dit.

Vers le bac

✥ Dissertation n° 1

Sujet : La Bruyère considère le monde comme une scène de théâtre où chacun vient jouer son rôle.

Vous commenterez cette affirmation en un développement argumenté, en vous appuyant sur votre connaissance de l'œuvre, des textes du parcours et, éventuellement, sur vos lectures personnelles.

À plusieurs reprises, La Bruyère parle du « théâtre du monde » (VI, 31), du « public » (VII, 3), et compare les Pamphiles à des Floridors et des Mondoris (IX, 50) : ce sont autant d'emprunts à l'univers dramatique. Ces références théâtrales ne sont pas chez lui un simple procédé rhétorique. Elles expriment une conviction profonde. Le monde est un théâtre où les hommes viennent tour à tour interpréter leur rôle. Telle est bien en effet la vision qu'en donnent *Les Caractères.* Mais ce « théâtre » est-il universel et permanent ? On peut en douter. La Bruyère adopte en réalité la position traditionnelle d'un moraliste.

I. Pour La Bruyère, la vanité semble inscrite au cœur de l'homme : aussi celui-ci cherche-t-il à plaire, à se montrer sous son meilleur jour. La recherche de son intérêt personnel et la course à la faveur transforment ce penchant en obligation. Sous le règne personnel de Louis XIV, aucune réussite ne se fait hors de la cour, sans l'appui du roi ou de quelques grands. D'où la nécessité de séduire, de flatter, de cacher ses véritables pensées et sentiments. C'est nécessairement jouer un rôle, non seulement à la cour mais partout et presque en toute circonstance. Le monde devient dès lors une vaste scène de théâtre.

Ainsi, à la « ville », on ne fréquente les lieux à la mode – le Cours-la-Reine ou la promenade de Vincennes – que pour montrer et faire admirer son « équipage », ses habits et toilettes : « on se joint ensemble pour se rassurer sur le théâtre, s'apprivoiser avec le public » (VII, 3). À la cour, rien de ce que l'on dit, entend ou fait ne correspond à la réalité : « non content de n'être pas sincère, le courtisan ne souffre pas que personne ne le soit ; la vérité blesse son oreille » (VIII, 62). Or dissimuler, feindre, c'est dissocier l'être et le paraître, c'est interpréter un rôle, au théâtre comme dans la vie. Les privilèges dont jouissent les grands ne les empêchent pas de faire étalage de leur importance : eux ne jouent pas, ils ne mentent pas sur leurs origines, mais ils se donnent en spectacle. C'est une autre façon de jouer.

Ce triomphe des apparences apparente souvent les hommes à des marionnettes, comme chez La Fontaine qui, lui aussi, dit à propos de ses fables qu'elles sont une « ample comédie à cent actes divers ». Ces hommes font aussi songer à des personnages de Molière. Les coteries qui agitent la « ville » ne sont guère éloignées de celle qui s'en prend à Molière dans *La Critique de l'École des femmes* (1662). Théophile (IX, 15) rappelle Tartuffe. Quant à Ménalque, sa profonde et constante étourderie en fait un personnage fondamentalement comique.

II. Ce théâtre, La Bruyère considère qu'il est permanent et comme inhérent à la vie sociale : « Dans cent ans le monde subsistera encore en son entier : ce sera le même théâtre et les mêmes décorations, ce ne seront plus les mêmes acteurs » (VIII, 99). De quel « monde » La Bruyère parle-t-il toutefois ? Dans ses *Caractères*, la « ville » se réduit à Paris, à la magistrature et à la partie la plus riche de la bourgeoisie. C'est en réalité un microcosme qui ignore superbement le reste des Parisiens et ce qui se passe au-delà des remparts de la capitale.

La cour est un univers encore plus restreint, même s'il fascine et donne le ton à la « ville ». C'est un monde tellement à part que La Bruyère en parle comme d'un « pays étranger », habité par quelque « peuplade » étrange (VIII, 74). Les grands sont quant à eux peu nombreux. Le « théâtre du monde » ne concerne donc pas tout le monde. Le peuple ne se cache pas derrière des apparences : il a « bon fond et n'a point de dehors ». Il montre « ingénument la grossièreté et la franchise » (IX, 25). Quant aux « animaux farouches » qui vivent dans les campagnes, ils ne montent sur aucune scène, accaparés qu'ils sont par la nécessité de ne pas mourir de faim.

III. En fait, La Bruyère adopte la position traditionnelle d'un moraliste qui, au XVIIe siècle, était déjà celle de Pascal ou de La Rochefoucauld et qui est encore, au XVIIIe siècle, celle de Montesquieu quand il décrit les coteries de la vie parisienne. L'idée n'est pas nouvelle. Elle remonte à l'Antiquité où les hommes vivaient sous le regard des dieux qui, tels des spectateurs, les regardaient interpréter leurs rôles dans une pièce dont ils ignoraient tout.

La Bruyère ne se place certes pas du côté de la divinité mais, comme elle, il se pose en observateur : « j'entends dire » (VII, 10), « vous voyez des gens » (VIII, 17), « je vois un homme entouré et suivi » (VIII, 31), « quand je vois » (IX, 13), sont chez lui des expressions récurrentes. Pour filer la métaphore du théâtre, il observe ses contemporains depuis les coulisses. Parfois il se met du côté du sage qui « quelquefois évite le monde, de peur d'être ennuyé » (V, 83).

Ses *Caractères* sont notre miroir, mais un miroir parfois déformé par les grands principes au nom desquels La Bruyère juge implicitement ses contemporains. Rêvant d'un monde trop parfait, où le paraître révélerait l'être, il ne peut qu'être déçu par la comédie sociale.

✣ Dissertation n° 2

Sujet : La Bruyère est considéré comme le moraliste de son siècle. Cette qualification vous semble-t-elle justifiée ou restrictive ?

Vous répondrez à cette question en un développement argumenté, en vous appuyant sur votre connaissance de l'œuvre, des textes du parcours et, éventuellement, sur vos lectures personnelles.

Un moraliste n'est pas un moralisateur. C'est un écrivain qui observe les mœurs de ses contemporains et s'interroge par le fait même sur la nature humaine. Étymologiquement, le mot provient en effet du latin *mores*, désignant les mœurs, les us et coutumes. Que La Bruyère soit un moraliste, lui-même revendique de l'être dès la préface de ses *Caractères.* Mais, convient-il d'ajouter, c'est un moraliste engagé et même un auteur comique.

Moraliste, La Bruyère l'est par la peinture qu'il fait de ses contemporains, des « mœurs de ce siècle », précise-t-il en sous-titre de son œuvre. Aussi l'attaque de nombre de ses « remarques » réside-t-elle souvent dans un constat : « il y a », « on sait », « j'entends dire »... C'est en ce sens qu'il peut écrire dans sa préface : « Je rends au public ce qu'il m'a prêté ; j'ai emprunté de lui la matière de cet ouvrage. » De là aussi de nombreux portraits dont seul le nom est fictif : « Clitiphon », « Sosie », « Arfure », « Périandre », « Ergaste »... pour s'en tenir au seul chapitre *Des biens de fortune.* Ses *Caractères* sont un miroir de son temps.

Ils sont également un miroir de nous-mêmes. Des réflexions plus générales sur la nature humaine apparaissent ici et là, et tout particulièrement dans le chapitre *De l'homme* (XI). D'individu, Pamphile devient un « caractère » en se transformant en « un Pamphile », puis un type universel en se multipliant en « des Pamphiles » (IX, 50).

La Bruyère est enfin un moraliste par son choix de la forme brève, dont font partie les maximes, les réflexions et les portraits, même s'ils constituent les passages les plus longs de l'œuvre.

Cet observateur n'est pas pour autant un moraliste neutre ou froid. Souvent La Bruyère prend parti. Il laisse éclater son indignation devant l'extrême misère des campagnes : « Il y a des misères sur la terre qui saisissent le cœur » (VI, 47). La pauvreté de Phédon est d'autant plus insupportable qu'elle contraste avec l'insolente opulence de Giton (VI, 83). La corruption de la cour lui arrache un cri de colère : « N'espérez plus de candeur, de franchise, d'équité... » (VIII, 62). L'égoïsme des grands le choque tant qu'il préfère « être peuple » plutôt que prince ou duc (IX, 25).

Engagé, La Bruyère l'est enfin politiquement. S'il est loin d'être un révolutionnaire et s'il reste un monarchiste convaincu au point de faire un éloge appuyé de Louis XIV, il n'approuve pas la dérive absolutiste de la monarchie. Il soutient au contraire l'idée qu'il existe un contrat entre le roi et le peuple : « Il y a un commerce ou un retour de devoirs du souverain à ses sujets, et de ceux-ci au souverain » (X, 28).

Il y a enfin un aspect que l'appellation de moraliste tend à occulter : La Bruyère est un auteur comique. L'ironie est l'une de ses armes favorites pour ridiculiser tel ou tel comportement : celui-là « est sobre qui ne s'enivre que de vin » (VIII, 74), dit-il pour dénoncer l'ivrognerie des jeunes courtisans. Son humour est parfois froid.

Nombre de ceux dont il brosse le portrait sont habités par une monomanie qui les ridiculise et les rapproche des personnages de Molière : Arrias est un vantard et un menteur. Corneille en a fait le sujet de deux de ses comédies. Le cas le plus spectaculaire est sans doute celui de Ménalque (XI, 7), dont la distraction est sans pareille et qui appartient à la même famille que *L'Étourdi*, titre d'une pièce de Molière.

Toutes ces caractéristiques font de La Bruyère un moraliste à part entière, mais un moraliste si particulier qu'il est considéré comme la figure de l'écrivain moraliste du XVIIe siècle.

Autres sujets possibles

1. *Les Caractères* vous paraissent-ils posséder une unité d'ensemble ou être une collection de remarques éparses ?

Suggestion :

– La structure globale de l'œuvre obéit à une gradation : la ville, la cour, les grands, le roi, l'homme…
– Les chapitres s'organisent en interne par groupements thématiques.
– Le choix de la forme brève assure à l'ensemble une réelle unité.

2. En quoi La Bruyère peut-il être qualifié d'auteur classique ?

Suggestion :
– Une manière de s'exprimer, fondée sur la concision de la pensée et la précision des mots.
– Une manière de se comporter en « société », fondée sur la recherche du juste milieu et le refus des excès, deux traits majeurs de l'honnêteté au XVIIe siècle.
– Un souci de corriger les mœurs, affirmé dès la préface.

✣ Explication de texte n° 1

Chapitre VIII : De la cour (74)

L'on parle d'une région où les vieillards sont galants, polis et civils ; les jeunes gens au contraire, durs, féroces, sans mœurs ni politesse : ils se trouvent affranchis de la passion des femmes dans un âge où l'on commence ailleurs à la sentir ; ils préfèrent des repas, des viandes, et des amours ridicules. Celui-là chez eux est sobre et modéré, qui ne s'enivre que de vin : l'usage trop fréquent qu'ils en ont fait le leur a rendu insipide ; ils cherchent à réveiller leur goût déjà éteint par des eaux-de-vie, et par toutes les liqueurs les plus violentes ; il ne manque à leur débauche que de boire de l'eau-forte. Les femmes du pays précipitent le déclin de leur beauté par des artifices qu'elles croient servir à les rendre belles : leur coutume est de peindre leurs lèvres, leurs joues, leurs sourcils et leurs épaules, qu'elles étalent avec leur gorge, leurs bras et leurs oreilles, comme si elles craignaient de cacher l'endroit par où elles pourraient plaire, ou de ne pas se montrer assez. Ceux qui habitent cette contrée ont une physionomie qui n'est pas nette, mais confuse, embarrassée dans une épaisseur de cheveux étrangers, qu'ils préfèrent aux naturels et dont ils font un long tissu pour couvrir leur tête : il descend à la moitié du corps, change les traits, et empêche qu'on ne connaisse les hommes à leur visage.

Présentation

La description de cette « région » figure dans le chapitre VIII, *De la cour*. Sa situation indique donc, sans le dire expressément, que cette « région » est Versailles, la cour de Louis XIV.

Mouvement du texte

La première phrase offre le panorama d'un monde à part, suivi de trois exemples, à valeur de plus en plus globalisante.

Enjeu de l'explication

Le texte possède une évidente portée satirique : comment se traduit-elle ?

• Le panorama d'un monde à part

« L'on parle d'une région » : le texte se présente d'emblée comme un récit de voyage, comme le compte rendu d'une expédition dans un « pays » lointain. L'article indéfini « un » accentue cette impression d'éloignement.
L'absurdité semble y régner en maîtresse absolue. L'opposition entre « vieillards » et « jeunes gens » recouvre une opposition des comportements : les adjectifs « galants, polis, civils » s'opposent aux adjectifs et à la formule « durs, féroces, sans mœurs ». L'antithèse se transforme ensuite en une inversion paradoxale des goûts et attitudes. Insensibles aux femmes, les jeunes préfèrent se nourrir (tandis que les « vieillards » sont « galants » !).

• Premier exemple : le débauché alcoolique

« Celui-là » : le pronom démonstratif, qui introduit l'exemple, désigne un parmi d'autres, avec une nuance légèrement péjorative.
« Est sobre et modéré, qui ne s'enivre que de vin » : l'oxymore donne toute sa force au membre de phrase.

L'explication vient ensuite : en deux temps, suivi d'une extrapolation satirique. Les « eaux-de-vie », puis « les liqueurs les plus violentes », réveillent à peine un goût « déjà éteint » par l'abus d'alcool. La référence à « l'eau-forte », laquelle est un acide utilisé pour la gravure sur cuivre, suggère une absolue déchéance (« il ne manque plus »).

> ✍ **Qu'est-ce qu'un oxymore ?**
> Un oxymore est une forme d'antithèse qui unit en un syntagme, une formule, deux termes en principe contradictoires. L'exemple le plus célèbre en est ce vers du *Cid* de Corneille : « Cette obscure clarté qui tombe des étoiles ». Ici, on est « sobre » quand on ne s'enivre que de vin !

- **Deuxième exemple : le maquillage des femmes**

Après « celui-là », qui constituait une sorte de cas limite, voici « les femmes ». La démonstration s'élargit. Si les pratiques décrites, et dénoncées, sont différentes, l'absurdité reste de mise. Leur maquillage, qualifié de peinture (« peindre »), produit l'effet inverse du but recherché : il « précipite » le déclin de leur beauté.
Entre le visage, coloré, et leur poitrine, dévoilée, la contradiction est complète. La comparaison conditionnelle « comme si » donne à la satire son trait le plus acerbe et, pour le lecteur, le plus savoureux : ces femmes redoutent de ne pas assez montrer de leur personne !
Ainsi peintes et en partie dénudées, elles font penser à quelque peuplade d'une contrée étrangère.

- **Troisième exemple : les perruques des hommes**

Vient enfin le tour des hommes, réduits à leur perruque, à leurs « cheveux étrangers » qui les défigurent. Comparés à un « long tissu », ceux-ci leur donnent un aspect bizarre, qui confine à un déguisement.

De fait, ces hommes, qu'on ne peut plus reconnaître à leur visage, sont méconnaissables et ils appartiennent à la même peuplade que les femmes.

Conclusion

La comparaison de la cour avec un « pays » est traditionnelle au XVIIe siècle : on la retrouve par exemple chez La Fontaine. Elle prend ici une intense force satirique. Non seulement la cour est un monde étrange, mais elle est un monde étranger, absurde, sans politesse ni sociabilité. Elle est l'exact contraire de la modération et de la sagesse que prône par ailleurs La Bruyère.

Question de grammaire

Repérez et analysez deux propositions subordonnées dans la première phrase (jusqu'à « ridicules »).

Réponse : il s'agit de deux propositions subordonnées relatives, introduites par le pronom relatif adverbial « où ».

✣ Explication de texte n° 2

Chapitre XI : De l'homme (7)

Ménalque descend son escalier, ouvre sa porte pour sortir, il la referme : il s'aperçoit qu'il est en bonnet de nuit ; et venant à mieux s'examiner, il se trouve rasé à moitié, il voit que son épée est mise du côté droit, que ses bas sont rabattus sur ses talons, et que sa chemise est par-dessus ses chausses. S'il marche dans les places, il se sent tout à coup rudement frapper à l'estomac ou au visage ; il ne soupçonne point ce que ce peut être, jusqu'à ce qu'ouvrant les yeux et se réveillant, il se trouve ou devant un limon de charrette, ou derrière un long ais de menuiserie que porte un ouvrier sur les épaules. On l'a vu une fois heurter du front celui d'un aveugle, s'embarrasser dans ses jambes et tomber avec lui chacun de son côté à la renverse. Il lui est arrivé plusieurs fois de se trouver tête pour tête à la rencontre d'un prince et sur son passage, se reconnaître à peine, et n'avoir que le loisir de se coller à un mur pour lui faire place. Il cherche, il brouille, il crie, il s'échauffe, il appelle ses valets l'un après l'autre : *on lui perd tout, on lui égare tout* ; il demande ses gants, qu'il a dans ses mains, semblable à cette femme qui prenait le temps de demander son masque lorsqu'elle l'avait sur son visage.

Présentation

Ce passage constitue le début du long portrait de Ménalque. Il prend place dans la galerie de portraits figurant au chapitre XI, *De l'homme*.

Mouvement du passage

Ce portrait accumule les anecdotes, chacune d'elles renchérissant sur la précédente, mais qui illustrent toutes l'étourderie du personnage. Elles sont au nombre de quatre : l'accoutrement de Ménalque s'apprêtant à sortir de chez lui (l. 1-6) ; sa déambulation de somnambule dans les rues (l. 6-14) ; son face-à-face incongru avec un prince (l. 14-18) ; et sa colère contre ses valets (l. 18-22).

Enjeu de l'explication

Ce portrait procède avant tout du comique : sur quels procédés celui-ci repose-t-il ? Comment s'organise ce portrait ?

Explication linéaire

- **Premier mouvement (l. 1-6) : l'accoutrement de Ménalque**

> **La parataxe**
> La parataxe est une construction par juxtaposition de propositions indépendantes, sans mot de liaison indiquant la nature de leur rapport. Elle crée un fort effet de rapidité.

Cette première phrase met d'emblée l'accent sur l'illogisme du personnage : il ouvre sa porte pour la refermer aussitôt. Composée de verbes de mouvement, elle en souligne également l'agitation, que renforce la parataxe.
Le groupe « il s'aperçoit » transforme le portrait en autoportrait. Nous voyons Ménalque par ses propres yeux. C'est une addition de gestes maladroits, manqués et désordonnés : en « bonnet de nuit », il est « rasé » de moitié, il porte

son épée du mauvais côté, sa chemise flotte au-dessus de son pantalon. L'effet comique est d'autant plus garanti que c'est dans cette tenue qu'il s'apprêtait à sortir !

Jamais le mot de distraction ou d'étourderie n'apparaît. Le « caractère » du personnage est décrit par ses actes. C'est un portrait en action.

- **Deuxième mouvement (l. 6-14) : une déambulation de somnambule**

L'effet burlesque s'accentue : Ménalque marche dans les rues quasiment les yeux fermés. Il ne voit rien, ni n'entend rien. Aussi se cogne-t-il à tout. Le procédé appartient au comique de farce le plus traditionnel.

La Bruyère le renouvelle toutefois en créant un écart entre la sensation (« il sent ») et la prise de conscience : « il ne soupçonne point ce que ce peut être ». Sa démarche est donc celle d'un somnambule, qui finit toutefois par « se réveill[er] ».

Le burlesque

Au sens strict, le burlesque repose sur une opposition entre le fond et la forme, comme de traiter sérieusement une chose légère, ou l'inverse. Par extension, il qualifie une forme de comique fondée sur l'exagération, l'extravagance, voire la bouffonnerie.

Pour donner plus de crédit à son portrait, La Bruyère invoque le témoignage, anonyme toutefois, d'autrui : « On l'a vu une fois... » De l'aveugle qu'il heurte et fait tomber ou de lui, le lecteur ne sait quel est le plus aveugle.

- **Troisième mouvement (l. 14-18) : un face-à-face incongru**

L'incongruité de ce face-à-face ne se comprend qu'au regard des bienséances de l'époque, qui exigeaient qu'on s'effaçât devant un

prince. Celui-ci ne se déplaçait jamais comme un simple particulier, mais était précédé d'au moins quelques-uns de ses domestiques. Que Ménalque n'ait rien remarqué ajoute à sa distraction.
La formule « Il lui est arrivé » présente cette improbable rencontre comme un fait réel.
Sa distraction va ainsi crescendo : après n'avoir pas vu une charrette, une poutre, un aveugle, il ne voit pas la venue d'un « prince ». Prenant à peine conscience de la situation («se reconnaître à peine »), il se retrouve dans la position ridicule de se coller contre un mur.

- **Quatrième mouvement (l. 18-22) : la colère de Ménalque contre ses valets**

La narration se referme sur elle-même : il sortait de chez lui dans la première phrase, le voici de retour. Ici comme là, ce sont les mêmes procédés stylistiques : accumulation de verbes d'action, qui saisissent le personnage de l'extérieur.
L'énumération, que la parataxe rend alerte, va crescendo : « il cherche » puis, ne trouvant rien, crie de plus en plus fort, s'énerve. Son comportement irrationnel crée un comique de l'absurde. Contre toute logique, il rend ses valets responsables de ses bévues. Les mots en italique sont censés rapporter ce qu'il leur reproche au style indirect.
La contradiction est éclatante quand il demande ses gants, qu'« il a dans ses mains ».
La comparaison avec une femme cherchant son masque, qu'elle porte sur son visage, ne relève pas d'une traditionnelle satire des femmes : elle élargit le propos du moraliste. Hommes et femmes peuvent être sujets aux mêmes distractions.
C'est pourquoi ce portrait de Ménalque se trouve dans ce chapitre consacré à l'examen de la nature humaine.

Conclusion

Ce portrait de Ménalque est d'abord comique. La Bruyère n'hésite pas à grossir le trait, parfois jusqu'à l'invraisemblance. C'est aussi un portrait en mouvement. De là vient sa force.

Question de grammaire

Soit la phrase : « On lui perd tout, on lui égare tout. » Transformez-la de façon à faire apparaître des pronoms personnels de la première personne. Et expliquez comment vous êtes passé d'un style à un autre.

La phrase relève du style indirect libre. Il convient de la réécrire en style direct. D'où la nécessité d'introduire un verbe de déclaration. Par exemple : « Ménalque dit à ses valets : "Vous me perdez tout, vous m'égarez tout" ».

✥ Autres propositions d'explication de texte

– Portrait d'un riche héritier trop bien courtisé, *De la ville* (14).

Son intérêt : il est tout en mouvement ; l'observateur La Bruyère se fait juge ironique.

La question de grammaire : analyse de la condition (dernière phrase).

– Réquisitoire contre le stoïcisme, *De l'homme* (3).

Son intérêt : l'analyse argumentative, qui n'hésite pas à faire appel au burlesque.

La question de grammaire : le complément d'agent.

✣ Contraction de texte suivie d'un essai Classe de première de la voie technologique

Contraction de texte

Vous résumerez ce texte en 252 mots. Une tolérance de plus ou moins 10 % est admise : votre travail comptera au moins 227 mots et au plus 277 mots. Vous indiquerez à la fin de votre contraction le nombre de mots qu'elle comporte.

***

Texte

Claude Lévi-Strauss : « Le double sens du progrès », dans *Race et Histoire*, © Éditions Denoël, 1952-1967, avec l'aimable autorisation de l'Unesco.

Philosophe et ethnologue, Claude Lévi-Strauss (1908-2009), membre de l'Académie française, fut notamment professeur au Collège de France où il occupa la chaire d'anthropologie sociale. Dans l'extrait qui suit, il s'interroge sur les conditions du progrès ainsi que sur les contradictions inhérentes à son émergence et à son développement.

Tout progrès culturel est fonction d'une *coalition* entre les cultures. Cette coalition consiste dans la mise en commun (consciente ou inconsciente, volontaire ou involontaire, intentionnelle ou accidentelle, cherchée ou contrainte) des *chances* que chaque culture rencontre dans son développement historique ; enfin, nous avons admis que cette coalition était d'autant plus féconde qu'elle s'établissait entre des cultures plus diversifiées. Cela posé, il semble bien que nous nous trouvions en face de conditions contradictoires. Car ce *jeu en commun* dont résulte tout progrès doit entraîner comme conséquence, à échéance plus ou moins brève, une *homogénéisation* des ressources de chaque joueur. Et si la diversité est une condition initiale, il faut reconnaître que les chances de gain deviennent d'autant plus faibles que la partie doit se prolonger.

À cette conséquence inéluctable, il n'existe, semble-t-il, que deux remèdes. L'un consiste, pour chaque joueur, à provoquer dans son jeu des *écarts différentiels ;* la chose est possible puisque chaque société (le « joueur » de notre modèle théorique) se compose d'une coalition de groupes : confessionnels, professionnels et économiques, et que la mise sociale est faite de mises de tous ces constituants. Les inégalités sociales sont l'exemple le plus frappant de cette solution. Les grandes révolutions que nous avons choisies comme illustration : néolithique et industrielle se sont accompagnées, non seulement d'une diversification du corps social comme l'avait vu Spencer, mais aussi de l'instauration de statuts différentiels entre les groupes, surtout au point de vue économique. On a remarqué depuis longtemps que les découvertes néolithiques avaient rapidement entraîné une différenciation sociale, avec la naissance dans l'Orient des grandes concentrations urbaines, l'apparition des États, des castes et des classes. La même observation s'applique à la révolution industrielle, conditionnée par l'apparition d'un prolétariat et aboutissant à des formes nouvelles, et plus poussées, d'exploitation du travail humain. Jusqu'à présent, on avait tendance à traiter ces transformations sociales comme la conséquence des transformations techniques, à établir entre celles-ci et celles-là un rapport de cause à effet. Si notre interprétation est exacte, la relation de causalité (avec la succession temporelle qu'elle implique) dit être abandonnée – comme la science moderne tend d'ailleurs généralement à le faire – au profit d'une corrélation fonctionnelle entre les deux phénomènes. [...] Quoi qu'il en soit, il est difficile de se représenter autrement que comme contradictoire un processus que l'on peut résumer de la façon suivante : pour progresser, il faut que les hommes collaborent ; et au cours de cette collaboration, ils voient graduellement s'identifier les apports dont la diversité initiale était précisément ce qui rendait leur collaboration féconde et nécessaire.

Mais même si cette contradiction est insoluble, le devoir sacré de l'humanité est d'en conserver les deux termes également présents à l'esprit, de ne jamais perdre de vue l'un au profit exclusif de l'autre ; de se garder, sans doute, d'un particularisme aveugle qui tendrait à réserver le privilège de l'humanité à une race, une culture ou une société ; mais aussi de ne jamais oublier qu'aucune fraction de l'humanité ne dispose de formules applicables à l'ensemble, et qu'une humanité confondue dans un genre de vie unique est inconcevable, parce que ce serait une humanité ossifiée.

À cet égard, les institutions internationales ont devant elles une tâche immense, et elles portent de lourdes responsabilités. Les unes et les autres sont plus complexes qu'on ne pense. Car la mission des institutions internationales est double ; elle consiste pour une part dans une liquidation, et pour une autre part dans un éveil. Elles doivent d'abord assister l'humanité, et rendre aussi peu douloureuse et dangereuse que possible la résorption de ces diversités mortes, résidus sans valeur de modes de collaboration dont la présence à l'état de vestiges putréfiés constitue un risque permanent d'infection pour le corps international. Elles doivent élaguer, amputer s'il est besoin, et faciliter la naissance d'autres formes d'adaptation.

Mais, en même temps, elles doivent être passionnément attentives au fait que, pour posséder la même valeur fonctionnelle que les précédents, ces nouveaux modes ne peuvent les reproduire ou être conçus sur le même modèle, sans se réduire à des solutions de plus en plus insipides et finalement impuissantes. Il faut qu'elles sachent au contraire que l'humanité est constamment aux prises avec deux processus contradictoires dont l'un tend à instaurer l'unification, tandis que l'autre vise à maintenir ou à rétablir la diversification. La position de chaque époque ou de chaque culture dans le système, l'orientation selon laquelle elle s'y trouve engagée sont telles qu'un seul des deux processus lui paraît avoir un sens, l'autre semblant être la négation du premier. Mais dire, comme on pourrait y être enclin, que l'humanité se défait en même temps qu'elle se fait, procéderait encore d'une vision incomplète. Car, sur deux plans et à deux niveaux opposés, il s'agit bien de deux manières différentes de se *faire.*

La nécessité de préserver la diversité des cultures dans un monde menacé par la monotonie et l'uniformité n'a certes pas échappé aux institutions internationales. Elles comprennent aussi qu'il ne suffira pas, pour atteindre ce but, de choyer des traditions locales et d'accorder un répit aux temps révolus. C'est le fait de la diversité qui doit être sauvé, non le contenu historique que chaque époque lui a donné et qu'aucune ne saurait perpétuer au-delà d'elle-même. Il faut donc écouter le blé qui se lève, encourager les potentialités secrètes, éveiller les vocations à vivre ensemble que l'histoire tient en réserve ; il faut aussi être prêt à envisager sans surprise, sans répugnance et sans révolte ce que toutes ces nouvelles formes sociales d'expression ne pourront manquer d'offrir d'inusité. La tolérance n'est pas une position contemplative, dispensant les indulgences à ce qui fut ou à ce qui est. C'est une attitude dynamique, qui consiste à prévoir, à comprendre et à promouvoir ce qui veut être. La diversité des cultures humaines est derrière nous, autour de nous et devant nous. La seule exigence que nous puissions faire valoir à son endroit (créatrice pour chaque individu des devoirs correspondants) est qu'elle se réalise sous des formes dont chacune soit une contribution à la plus grande générosité des autres.

1 009 mots

Contraction de texte

Toute avancée culturelle résulte d'une collaboration, intentionnelle ou de fait, entre différentes cultures. Elle est d'autant plus forte que ces cultures sont à l'origine très hétérogènes. Mais, à plus ou moins long terme, cette collaboration est source de contradictions potentiellement insolubles. Le risque est que ce rapprochement produise une certaine uniformisation. Ainsi, la nécessaire diversité initiale finirait par engendrer de l'harmonisation. Il existe deux possibilités pour limiter, voire supprimer ce risque. La première est que chaque culture développe parallèlement en son sein de forts particularismes, qu'ils soient religieux, politiques, économiques, sociaux... C'est ce qu'on a observé lors de la révolution qui s'est produite à l'époque du néolithique avec, par exemple, l'urbanisation en Orient et l'instauration d'une hiérarchie sociale. La révolution industrielle a engendré la naissance du prolétariat et de nouvelles formes d'organisation du travail. On a longtemps cru que c'étaient des conséquences du progrès technique. En réalité, il s'est agi plus probablement d'un même processus où deux forces ont été concomitamment à l'œuvre : d'un côté la diversification, de l'autre l'harmonisation. Aussi ne faut-il jamais privilégier l'une de ces tendances, aux dépens de l'autre. Il appartient aux institutions internationales de veiller au maintien de ce délicat équilibre. Il leur faut abandonner ce qu'il y a de sclérosé dans les traditions, sous peine d'une paralysie néfaste, et favoriser l'émergence de nouvelles potentialités. C'est moins le contenu de la diversité qu'il convient de préserver que son idée même. La tolérance ne saurait être une philosophie du statu quo. Il convient dans le même temps de s'ouvrir sans réticence à la modernité. C'est ainsi que chacun pourra, sans se renier, se nourrir des apports de l'autre.

272 mots

Vers le bac

Essai

Sujet : Le progrès moral va-t-il de pair avec le progrès technique ?

Vous développerez de manière organisée cette question, en prenant appui sur le chapitre *De l'homme* des *Caractères* de La Bruyère, sur les textes du parcours et, éventuellement, sur vos lectures personnelles.

L'analyse que fait La Bruyère de la nature humaine dans son chapitre *De l'homme* des *Caractères* est empreinte d'un fort pessimisme. Comme Pascal avant lui, mais à l'inverse de Rousseau après lui, il considère que l'homme est un être pétri de vices et de défauts. L'idée même d'un progrès moral lui est étrangère. Aussi est-il tentant d'opposer le progrès technique, spectaculaire de nos jours, au progrès moral, de toute façon beaucoup plus lent. À la réflexion, cette opposition est peut-être moins évidente qu'il n'y paraît. N'y a-t-il pas des cas où le progrès technique favorise le progrès moral ?

I. Que le progrès technique avance plus vite que le progrès moral ne paraît guère contestable. En tous domaines, les sciences et la technologie ne cessent d'apporter leur lot de découvertes et d'innovations. C'était déjà le cas au XVIIIe siècle. L'*Encyclopédie* de Diderot, qui a pour sous-titre *Dictionnaire raisonné des sciences, des arts et des techniques*, avait pour but affiché de faire le point sur les avancées scientifiques et techniques du siècle et de les vulgariser. Le mouvement s'est depuis accéléré. La conquête spatiale, les découvertes de la médecine, l'informatique, l'intelligence artificielle, les moyens de transport sont autant de révolutions, qui en appelleront d'autres. Cette liste est en effet loin d'être exhaustive.

Face à cela, le progrès moral semble au mieux bien lent, au pire inexistant. La violence existe toujours, la délinquance ne diminue pas, ce qu'il est convenu d'appeler les « passions tristes », comme la jalousie, l'envie, la colère, la haine, source de bien des faits divers, n'a pas disparu. L'affaire semble ainsi entendue. Le progrès technique ne va pas de pair avec le progrès moral : il le précède, et de loin.

II. Toutefois, les choses ne sont peut-être pas aussi simples qu'on peut de prime abord le penser. En premier lieu, sur le plan méthodologique, la comparaison souffre d'un déséquilibre presque structurel. Le progrès technique est spectaculaire, parfois extraordinaire, comme l'« atterrissage » d'un engin sur la planète Mars. Qui n'a pas admiré l'exploit ? Qui n'en a pas entendu parler ? La diminution des crimes et délits, qui est ou serait, en soi, une bonne nouvelle, s'exprimera dans des statistiques, qui n'intéresseront que les spécialistes de la question. C'est moins visible, moins perceptible et pourtant important.
Ensuite, si le progrès moral va moins vite que le progrès technique, cela ne signifie pas qu'il n'existe pas. Jamais, en cette période de pandémie, la solidarité au sein des familles ou des habitants d'un quartier n'a été aussi grande. Jamais les dons, lors de catastrophes naturelles, n'ont été aussi importants. Même si cela paraît contre-intuitif, la violence qui sévit dans nos sociétés modernes est moins intense que, par exemple, au XIXe siècle. Ce qui aujourd'hui heurte, et parfois au plus haut point, notre conscience ne suscitait par le passé que peu de réactions. Pour être récent, le mouvement « me too » est un exemple parmi beaucoup d'autres.

III. On peut même se demander si le progrès technique ne favorise pas le progrès moral. Dès qu'elle atteint une certaine ampleur, la solidarité exige, pour se concrétiser, des moyens techniques. Les « Restos du cœur » ont besoin de réfrigérateurs, de camions, d'outils informatiques, sans lesquels leur efficacité serait bien moindre. L'acheminement des secours sur des zones ravagées par des catastrophes ou des guerres n'est possible que grâce à la logistique.

Vers le bac

L'instantanéité de l'information permet des mobilisations naguère impossibles. Toutes les enquêtes témoignent de la générosité des Français : ils donnent qui de l'argent, qui des vêtements, qui du matériel, selon les cas et les possibilités de chacun. Mais il faut ensuite gérer, trier, acheminer... Le progrès technique vient au secours du progrès moral.
S'il y a une différence de rythme entre l'un et l'autre, c'est que le progrès moral ne peut exister que s'il est collectif. C'est donc affaire d'éducation, ce qui demande nécessairement du temps. Les consciences n'évoluent pas aussi vite que la technologie. C'est qu'elles ne sont pas des machines. Heureusement.

LES

CARACTERES DE THEOPHRASTE TRADUITS DU GREC:

AVEC

LES CARACTERES OU LES MOEURS DE CE SIECLE.

TROISIE'ME EDITION.

A PARIS,
Chez ESTIENNE MICHALLET, premier Imprimeur du Roy, ruë S. Jacques, à l'Image saint Paul.

M. DC. LXXXVIII.
Avec Privilege de Sa Majesté.

Page de titre des *Caractères*. Édition de 1688.

Le théâtre du XVIIe siècle au XXIe siècle

Molière, *Le Malade imaginaire*.
Parcours : spectacle et comédie.

Marivaux, *Les Fausses Confidences*.
Parcours : théâtre et stratagème.

Crédits photographiques

28	Ph. Coll. Archives Larbor
140	Musée Condé, Chantilly. Ph. H. Josse © Archives Larbor
189	Ph. Coll. Archives Larbor

PAPIER À BASE DE FIBRES CERTIFIÉES

LAROUSSE s'engage pour l'environnement en réduisant l'empreinte carbone de ses livres. Celle de cet exemplaire est de : 550 g éq. CO_2
Rendez-vous sur www.larousse-durable.fr

Impression : Rotolito S.p.A. (Italie)
Dépôt légal : mai 2021 – 327774/01
N° de projet : 11046217 – mai 2021